Herausgeber:

April G. Dark, Schillerstraße 48, 67098 Bad Dürkheim

ISBN: 9798838623638

Imprint: Independently published

THE BLAZE OF LOVE AND VIOLENCE

NOVEMBER'S DEATH – BUCH 2

ALECTRA WHITE

‚I love you.' That's so feeble.
Everyone throws it around like confetti, and most don't even
mean it. It's so pathetic. So meaningless. So fucking weak.

So don't expect me to say I love you. Cause those words can't
even begin to describe how I feel about you, baby.

EINS
AMANDA

Ich hasse ihn. Alles in mir will die Hände um seinen Hals legen und zudrücken. Ihn schütteln und anbrüllen und fragen, warum er das getan hat.

Dafür, dass Dante Winter weggebracht hat, verabscheue ich ihn zutiefst.

Er ist ein guter Mensch. Wie oft ich mich in den Jahren, seit denen ich hier bin, abwenden musste, damit seine Taten mir keine Tränen in die Augen treiben. Und wie sehr ich es jedes Mal gehasst habe. Wie oft ich *seine* Tränen gesehen habe, weil er es nicht ertragen hat, dass ein Tier leidet. Er fühlte so sehr mit, dass ich es fast mit der Angst zu tun bekam, weil ich befürchtete, er würde an dem zugrunde gehen, was den Tieren angetan wurde. Jede weitere gebrochene Seele, die er herbrachte, schien den Riss in seiner eigenen Seele weiter aufklaffen zu lassen, und ich wage es nicht, mich zu fragen, wie lange er das noch aushält.

Aber er hat sie weggebracht. Er hat mit Winter das gemacht, was er schon mit vielen anderen seiner Zielpersonen getan hat, aber dieses eine Mal war es ein Fehler.

Ich konnte sehen, wie er sie angeschaut hat. Es war, als würde ich in der Zeit zurückreisen und stünde wieder vor diesem Mann, der vor meinen Augen zu zerbrechen schien, weil er Blanket so dringend retten wollte. Ich weiß nicht, wieso ihm so viel daran lag. Auch nicht, warum er bis dahin nie ein Pferd aufgenommen und es plötzlich doch getan hat. Aber ich habe nie nachgefragt. Es gibt Geschichten, die unerzählt bleiben, und diese ist wohl eine davon. Doch neben all dem Leid, dem Schmerz und der Wut stand da zum ersten Mal noch etwas anderes in Dantes Augen. Er hätte es selbst vermutlich nicht erkannt, aber da leuchtete Liebe in dem dunklen, sonst so kalten Braun auf, als er die Rappstute betrachtete und alles daransetzte, um sie zu retten.

Und genau dieses Leuchten habe ich in Dantes Augen gesehen, als er Winter herbrachte.

Es war beängstigend; nicht etwa, weil er eine bewusstlose Frau in sein Haus geschleppt hat. Das ist schon so oft passiert, dass ich aufgehört habe, sie zu zählen. Es sind fast immer die Frauen, die er am Leben lässt, weil sie meist unschuldig sind und er sie einfach nicht töten kann. Manchmal bringt er auch Männer her, denen er dann eine neue Identität verschafft, um sie zu retten. Aber das hier … Das mit Winter ist etwas anderes gewesen, weil er diesen Ausdruck in den Augen hatte, der mir sagte, dass es ihn umbringen würde, wenn er sie gehen lässt.

Trotzdem hat er es getan. Dieser Verrückte hat sie aus dem Haus und in den schwarzen SUV mit den abgedunkelten Scheiben getragen, und in diesem Augenblick wusste ich, dass er damit sein Todesurteil unterschrieben hatte. Er würde sie zum Flugplatz fahren, in einen Privatjet setzen und irgendwo hinbringen. Weit, weit weg von hier, damit ihr keine Gefahr mehr drohen würde. Und danach würde er sterben, weil er das Wertvollste aufgegeben hat, das er je besaß.

»Wie lange sitzt er schon da?« Ich stelle mich neben Robin, der im Flur vor Dantes Zimmertür an der Wand lehnt.

Es fühlt sich falsch an, hier zu sein. Nicht zuletzt, weil seine Emotionen wie eine dunkle, alles verpestende Wolke aus dem Zimmer zu dringen scheinen, da sie darin nicht genug Platz finden. Hass, Selbstverachtung und Verzweiflung umgeben uns, während wir zu Dante blicken, der auf dem Boden des Badezimmers hockt und in den dunklen Raum starrt, als würde er darin etwas sehen, das für unsere Augen nicht erkennbar ist. Als würden die Geister seiner Erinnerungen ihn festhalten und ihm nicht erlauben, irgendetwas anderes zu tun.

»Seit er zurückgekommen ist«, murmelt Robin und reibt sich den Nacken. »Sollen wir ihm … Ich weiß nicht … Irgendwas geben, damit er wenigstens mal schläft?«

Entsetzt sehe ich zu ihm. »Bist du wahnsinnig?«, fahre ich ihn flüsternd an. »Ich werde ihn nicht betäuben wie ein Tier. Das können wir nicht bringen.«

»*Er* würde es tun«, gibt Robin tonlos zurück. »Ohne zu zögern.«

Ich schüttle den Kopf. »Er ist immer noch unser Freund.«

»Ja. Aber wenn wir weiterhin tatenlos zusehen, wird er unser Freund *gewesen sein*. Das weißt du genauso gut wie ich.«

Scheiße. Er hat recht.

Winter ist seit drei Tagen weg. Und genauso lange sitzt Dante auf dem Boden und starrt ins Nichts. Er wird sich umbringen, wenn er nicht endlich damit aufhört. Er wird verhungern, verdursten oder einfach vor Erschöpfung sterben, wenn wir nichts tun, aber ich bringe es nicht übers Herz, ihm gegen seinen Willen Essen, Wasser und ein Anästhetikum einzuflößen, obwohl ich ihn irgendwie am Leben halten sollte.

»Er ist unser Freund«, wiederhole ich und durchschreite Dantes Zimmer, um mich neben ihn auf den Boden zu setzen, wobei ich mich wie er mit dem Rücken an die Wand lehne.

Er rührt sich nicht. Ich weiß, dass er mich wahrnimmt, weil er fucking Dante ist und ihm *nichts* entgeht, aber er zeigt keine Reaktion.

Schweigend folge ich seinem Blick und betrachte die unzähligen Farbspritzer, die wir nicht mehr wegwischen konnten, weil er einfach reingeplatzt ist. Im Halbdunkeln sehen sie wie getrocknetes Blut aus und lassen mir eine Gänsehaut über den Körper kriechen. Ich habe keine Ahnung, was er in ihnen sieht. Ob es Winters Blut ist oder das, was die beiden hier drin miteinander getrieben haben. Vielleicht ist es auch das Blut all derer, die er getötet hat. Doch im Grunde ist es egal, denn was immer er sieht, es bringt ihn um.

Ich sollte meine Hand nach ihm ausstrecken und ihm sagen, dass alles gut wird, aber das kann ich nicht. Es wird nicht gut, weil Winter weg ist. Weil irgendetwas ihn glauben lässt, dass es so besser ist. Dass Winter nicht bei ihm bleiben und er nicht glücklich sein darf. Denn das war er. Er mag es selbst nicht gemerkt haben, aber etwas an Dante war anders, wenn sie in seiner Nähe war. Und damit meine ich nicht das Verlangen, das ihn zu umgeben schien, als würde er sie jeden Moment mit Haut und Haaren verschlingen wollen.

Es war Glück, das aus ihm floss, und jetzt ist dieses Glück weg. Weil er zu engstirnig, stur und verängstigt ist, hat er das erste wirklich Gute in seinem Leben weggeworfen, und ich will ihn in den Armen halten und ihm zugleich den Hals dafür umdrehen.

Stattdessen sitze ich einfach nur neben ihm und hoffe, dass er versteht, dass ich für ihn da bin. Falls er nicht mal das zulässt, kann ich so wenigstens handeln, wenn er zusammenbricht, weil sein Körper ihm den Dienst versagt.

ZWEI
DANTE

Ihre langen, rotbraunen Haare liegen auf dem schneeweißen Kissen und erinnern mich an flüssige Schokolade und Blut. Die winzigen Sommersprossen auf ihren Lidern sind im fahlen Licht kaum zu erkennen, aber sie haben sich so in meinen Geist eingebrannt, dass ich selbst in tiefster Dunkelheit jede einzelne davon finden würde. Das weiche Rosa ihrer Lippen verhöhnt mich, während ich sie betrachte und meine Zeit abläuft.

Ihre Finger zucken. Sie träumt, und nur die Gewissheit darüber, dass es keiner ihrer Albträume sein kann, hält mich davon ab, sie aufzuwecken. Sie würde sowieso nicht wach werden. Das Anästhetikum, das ich ihr gegeben habe, wird sie noch einige Stunden schlafen lassen. In dieser Zeit werden die anderen Substanzen ihre Erinnerungen infiltrieren und sie auslöschen, bis nichts mehr von Winter übrig bleibt.

Bevor ich mich endgültig abwende, beuge ich mich ein letztes Mal zu ihr, streiche über die zarte Haut an ihrer Wange und lege dann meine Lippen darauf. Ihre Wärme fühlt sich schon jetzt so *weit weg an, dass ich den Verstand verliere, also erhebe ich mich wieder und gehe, ohne mich ein weiteres Mal umzudrehen.*

In einer Endlosschleife laufen diese letzten Minuten vor meinem geistigen Auge ab. Ich sehe nichts anderes mehr. Nur Winter, wie sie in diesem Bett liegt – schlafend und friedlich –, und ich rede mir ein, dass ich sie genau so in Erinnerung behalten will. Friedlich. Als wäre nie etwas Böses an sie rangekommen. Als hätten nicht alle, die sie lieben und beschützen sollten, ihr Leid und Schmerzen zugefügt. Als hätte man sie nicht ihrer Kindheit beraubt. Als wäre nicht ich derjenige, der sie gerettet und in den sie sich verliebt hat.

Verliebt …

Verdammt, Winter. Wie konntest du nur?

So dumm ist sie nicht, habe ich gedacht, aber ich wusste, dass es Bullshit war. Was in Winter vorging, hatte nichts mit Dummheit zu tun. Sie hat etwas in mir gesehen, und obwohl ich da selbst nichts erkenne, würde ich es nie wagen, ihr ihre Gefühle abzusprechen.

Das heißt aber nicht, dass ich diese Gefühle nicht auslöschen kann. Denn das habe ich getan. Ich habe alles, was Winter ausgemacht hat, umgebracht, als ich ihr das Mittel gespritzt habe. Es gibt kein Zurück mehr. Sie wird mich nie wieder ansehen, als wäre ich das Licht in ihrer Dunkelheit. Sie wird nie wieder meinen Namen stöhnen oder mich auch nur in ihre Nähe lassen, weil sie sich nicht an mich erinnern wird. Und das ist auch gut so. Sie soll ein normales, glückliches Leben ohne Tod und Gewalt führen. Ein Leben, das ich ihr so nie hätte ermöglichen können, weil ich genau diese Dinge bin.

Es ist besser so. Es war das einzig Richtige, auch wenn

es mich zerstört und ich nicht weiß, ob ich jemals wieder aufstehen und dieses Bild vergessen kann.

Ich sollte Amanda wegschicken. Sie muss nicht hier sein. Muss mir nicht beistehen und mit mir in der Schwärze ertrinken, die sich um mich gelegt hat. Aber sie würde nicht auf mich hören, wenn ich sie verscheuchen wollte. Sie würde bleiben und warten, so wie ich vor Jahren bei Blanket geblieben bin. Doch leider ist meine Seele nicht gebrochen. Sie kann nicht mit Geduld und Liebe zusammengeflickt werden.

Ich habe sie verloren, als ich mich von Winter abgewendet habe. Sie ist bei ihr geblieben und somit auf ewig verschwunden.

Ich brauche einfach noch etwas mehr Zeit, bis ich weitermachen kann. Denn das muss ich. Ich muss irgendwie weitermachen, weil es da draußen zu viele Seelen gibt, die noch nicht verloren sind. Jemand muss sie retten, und obwohl ich selbst kein Glück mehr finden kann, darf ich es ihnen nicht verwehren.

Ein Klatschen reißt an mir. Es zerrt an meinen Nerven, und ich begreife erst nicht, was es ist, bis es erneut ertönt und mein Kopf zur Seite fliegt.

»Wach endlich auf, du elender Mistkerl!«

Amandas Stimme bohrt sich in meinen Kopf und sticht wie die Klingen dutzender Messer, bevor sie mich erneut schlägt.

Ein verrücktes Lachen will sich meine Kehle hinaufkämpfen. Sie weiß ganz genau, dass sie mir nicht wehtut, trotzdem schlägt sie noch mal zu. Wieder und wieder trifft ihre Handfläche auf meine Wange, und ihre Wut wäre beinah lustig, wenn sie nicht so furchtbar nervig wäre.

Ich öffne die Augen und greife im selben Moment nach ihrem Handgelenk, um es mitten in der Bewegung aufzuhalten. »Ich wollte dir eine Gehaltserhöhung geben«, murmle ich. »Das überdenke ich wohl noch mal.«

Als ich in ihr Gesicht schaue, atmet sie vor Erleichterung auf, während ihre Augen überlaufen. Die kullernden Tränen erinnern mich für eine schmerzhafte Sekunde an Winter, doch ich dränge die Erinnerung beiseite.

»Du bist so ein sturer Idiot, weißt du das?«, bringt sie schluchzend hervor.

Ich lasse ihren Arm los und reibe mir mit den Händen über das Gesicht. Ein Ziehen an meinem Handrücken sagt mir, dass Amanda mich an eine Infusion gehängt hat, damit ich nicht verrecke. »Wie lange?«, frage ich müde und schaue wieder zu ihr, weil ich mich nicht daran erinnern kann, wie viele Stunden ich auf diesem verfluchten Boden in diesem verfluchten Bad verbracht habe.

»Zu lange. Du warst schon ganz gelb.«

Also waren es Tage, nicht bloß Stunden.

»Musstest du –«

»Dir einen Katheter legen? Ja.« Sie lehnt sich zurück und wischt sich die Tränen aus dem Gesicht.

»Fabelhaft«, gebe ich knurrend zurück und schließe die Augen. Es mag mir nicht wehtun, trotzdem hasse ich das Gefühl, wenn sie den Schlauch aus meiner Harnröhre zieht. Aber ich muss mich wohl bei ihr bedanken. Mal wieder.

Amanda seufzt leise und nimmt meine Hand in ihre. »Es tut mir leid, Dante«, sagt sie kaum hörbar. »Ich weiß, was sie —«

»Sprich nicht weiter«, unterbreche ich sie mit tödlichem Unterton und sehe sie an, wobei ich ihre Hand abschüttle. »Wage es nicht, von ihr zu reden oder dir anzumaßen, zu wissen, was ich für sie empfinde. Hast du mich verstanden?«

Sie schluckt schwer und erwidert meinen Blick, bevor sie ihn nicht mehr erträgt und wegsieht. »Okay.«

Drückende Stille breitet sich zwischen uns aus, bis Amanda aufsteht und so tut, als würde sie die Infusion begutachten. »Wenn das so weitergeht, muss ich noch ein paar Kurse belegen«, merkt sie mit beinah vorwurfsvoller Stimme an. »Ich bin Tierärztin, Dante.«

Ich lasse sie die Kanüle überprüfen, bevor sie einen Blick auf den Urinbeutel wirft, der seitlich am Bett hängt. Es ist ein vollwertiges Klinikbett, das wir angeschafft haben, weil ich nach meiner Blinddarmentfernung einen Gang runterschalten musste, damit die Nähte nicht aufreißen. Es steht im Nebenraum ihres Behandlungszimmers, das sich in einem Gebäude hinter dem Stall befindet und an ihr eigenes kleines Haus angrenzt. Robin wohnt direkt daneben in einem identischen. So gern ich die beiden auch habe – mein Blockhaus gehört mir. Ich brauche es als Rückzugsort.

Zudem ertragen sie die Schreie nicht, die manchmal aus meinem Keller kommen, wenn ich mal wieder jemanden bei lebendigem Leib filetiere.

»Du hast mich bisher immer irgendwie zusammengeflickt«, erinnere ich sie und suche ihren Blick, als sie sich wieder neben mich setzt. »Du brauchst keine weiteren Kurse in Humanmedizin.«

Amanda lacht freudlos auf und streicht über die Bettdecke, die sie mir übergeworfen hat. »Wenn du wüsstest, wie oft du mir fast unter den Händen weggestorben bist …«

»Aber ich bin es nicht. Du bist eine gute Ärztin, Amanda.«

»Mag sein. Dennoch nicht gut genug, um jede Wunde zu heilen.«

Als sie meinen Blick endlich erwidert, ist ihrer traurig und voller Mitleid. Beides ertrage ich nicht, weswegen ich mich aufsetze. »Bring mich auf den neusten Stand«, fordere ich und streiche mir die Haare aus der Stirn. »Geht es allen gut?«

Sie sieht mich noch einen Moment an, bevor sie wegschaut, nickt und seufzt. »Ja. Alle sind gesund und munter.«

»Was ist mit dem Schäferhund?«

»Er ist immer noch etwas unsicher und schreckhaft. Aber Robin hat ihm einen Namen gegeben.« Amanda lacht kurz auf. »Er heißt jetzt Pebbles.«

Stöhnend lasse ich den Kopf gegen die Wand hinter dem Bett sinken.

Pebbles. Das ist fast so schlimm wie *Feline*, doch über die Jahre wurde es zur Tradition, dass Robin die Namen für die Tiere aussucht. Ich weiß nicht mal mehr, wie es dazu kam.

»Sobald es um die Tiere geht, bist du zu emotional«, sagt Amanda, als würde sie meine Gedanken lesen können. »Wenn du einen Namen aussuchen müsstest, würden sie wahrscheinlich Pusteblume oder Schneeflöck-chen heißen.«

Mit einem Grollen sehe ich sie wieder an, aber sie zuckt nur mit den Schultern.

»Du bist ein Weichei, Dante. Und das ist okay. Man muss nicht immer hart und unzerstörbar sein, weißt du?«

Es ist okay, etwas zu fühlen und zu trauern und nicht zu wissen, wie man es aushalten soll, sagen ihre Augen. *Es ist okay, sie zu vermissen, aber wir brauchen dich hier, also rede mit mir oder reiß dich zusammen, weil wir das ohne dich nicht schaffen.*

Es steht klar und deutlich in ihrem Blick. Amanda ist wie ein offenes Buch für mich. Nicht, weil sie kleingeistig oder leicht zu durchschauen wäre, sondern weil sie es mich sehen lässt. Weil sie mir vertraut, so wie Winter mir vertraut hat. Und ich habe dieses Vertrauen mit Füßen getreten, als ich sie weggebracht habe.

»Na los«, brumme ich und entferne die Kanüle aus meinem Handrücken. »Zieh den beschissenen Schlauch aus mir raus, damit wir es hinter uns haben.«

Ein trauriges Lächeln legt sich auf ihre Lippen, als sie aufsteht und nach einem Paar Latexhandschuhe greift. »Komm schon. So schlimm ist es auch wieder nicht.«

Ich hebe eine Braue und sehe sie an. »Hast du einen Schwanz?«

»Offensichtlich nicht.«

»Dann halt den Mund.«

Sie lacht leise in sich hinein und schlägt dabei die Decke zur Seite, die auf mir lag. »Ich sag's doch. Weichei.«

Dann zieht sie das Scheißteil endlich, und ich bin ihr dankbar dafür, dass sie nicht von mir verlangt, über Winter zu reden. Ich kann es nicht. Ich kann es nicht und ich will es auch nicht. Ab sofort wird niemand mehr ihren Namen aussprechen, weil ich sonst verrückt werde, und das kann ich mir nicht leisten. Die Tiere brauchen mich. Robin braucht mich. Selbst Amanda braucht jemanden, den sie zusammenflicken kann, um ihm dann eine Ohrfeige zu verpassen und ihn zu beleidigen.

Ich kann es mir nicht erlauben, weiter zu versinken, also verschließe ich Winter und alles, was mit ihr zu tun hat, in einem Tresor, um ihn hinter meterdicken Wänden zu verstecken. Ich werde nicht mehr an sie denken und mich auch nicht fragen, wie es ihr geht. Robin wird ein Auge auf sie werfen, aber bisher war es nie nötig, einzugreifen, und obwohl bei Winter alles irgendwie anders ist, vertraue ich darauf, dass es dennoch gut wird.

DREI
WINTER

Das Bettzeug ist kalt. Es kratzt nicht an meiner Wange, aber es fühlt sich auch nicht weich an und riecht nicht nach Mann und Sex und Blut. Es riecht nach gar nichts. Und da ist so ein Summen … Es nimmt im Sekundentakt ab und wieder zu, als würde es sich ständig vor und zurück bewegen.

Stöhnend drehe ich mich auf den Rücken. Meine Oberschenkel brennen, weil sich ein fieser Muskelkater darin gebildet hat, aber ich komme nicht darauf, was ihn verursacht haben könnte. Auch mein Hals kratzt, und irgendetwas juckt furchtbar zwischen meinen Brüsten. Ich öffne meine Augen einen Spaltbreit und halte das Oberteil, das ich trage, von meinem Körper weg, um darunterzusehen.

Wie habe ich es geschafft, mich ausgerechnet dort zu schneiden? Und warum saugt nebenan jemand den Boden? Nichts anderes kann dieses leise Summen sein, das von gelegentlichem Poltern begleitet wird.

Völlig erschöpft lasse ich den Kragen meines Shirts wieder los und schließe die Augen. Ich werde einfach jemanden fragen, woher der Schnitt ist. Ich kann jemanden ... Irgendjemand muss ...

Wen soll ich fragen?

Mein Atem stockt, als mir niemand einfällt. Kein einziger Name kommt mir in den Sinn, und als ich die Augen aufreiße, um an eine stuckverzierte hohe Decke zu blicken, macht sich Unbehagen in mir breit.

Wo bin ich?

Vorsichtig setze ich mich auf und sehe mich um. Das Zimmer ist opulent eingerichtet. Gold und satte Bordeauxtöne dominieren den Raum. Schnörkel zieren die Lehnen der riesigen Sessel. Die Fenster werden von schweren, samtenen Vorhängen umrahmt, und es gibt einen Kamin, in dem man ein ganzes Schwein grillen könnte.

Nein. Kein Schwein. Ich esse kein Fleisch. Ich esse überhaupt nichts, das vom Tier stammt.

Oder?

Allmählich steigt Panik in mir auf. Wieso erinnere ich mich an nichts? Ich muss doch wissen, wo ich bin und wen ich anrufen kann, damit er mir sagt, was passiert ist. Es muss irgendjemanden geben, der mir helfen kann, mich zu erinnern.

Nein. So jemanden gab es nie.

Ich weiß nicht, woher diese Gewissheit kommt, aber sie ist unumstößlich. Es gibt keine Menschenseele, die ich anrufen oder um Hilfe bitten könnte. Ich erinnere mich nicht daran, wieso das so ist, aber ein ungutes Gefühl in meiner Magengegend sagt mir, dass es einen Grund dafür gibt. Und er ist nicht angenehm.

Ganz ruhig, versuche ich, auf mich einzureden. *Du atmest jetzt ein paarmal tief durch, und dann findest du heraus, was hier los ist, okay, November?*

Irgendwas an dem Namen fühlt sich falsch an, aber ich weiß dennoch, dass er stimmen muss. Es tut weh, ihn in Gedanken auszusprechen, aber es ist definitiv mein Name. Oder nicht?

Ausweis. Ich muss meinen Ausweis finden. Einen Pass oder Führerschein oder irgendetwas anderes, auf dem mein Name steht, damit ich sicher sein kann und nicht durchdrehe, weil es mir riesige Angst macht, dass ich mich an nichts erinnern kann.

Mit wackligen Beinen stehe ich auf und sehe mich genauer um. Auf einem reich verzierten Sekretär liegt etwas. Papier, eine kleine Mappe und ein Umschlag.

Ich eile darauf zu und greife nach der ledernen Hülle. In das burgunderrote Material wurde eine goldene Harfe eingeprägt. Darüber stehen die Worte *Europäische Union* und *Irland*.

Was zum …

Meine Finger zittern, als ich den Pass aufschlage und auf mein eigenes Gesicht blicke, das mir zugleich fremd ist. Daneben stehen alle wichtigen Daten zu meiner Person, aber nichts davon kommt mir bekannt vor. *Nichts.*

> **Nachname: Johnson**
> **Vorname: Annette**
> **Staatsangehörigkeit: Irisch**
> **Geburtsdatum: 20.06.2003**

Ich lese nicht weiter. Das ist alles falsch. Dieser Pass

gehört nicht mir, und doch ist da mein Foto. Das bin *ich* auf diesem Bild. Diese Frau, die beinah wie tot aussieht – das bin ich. Aber ich verstehe nicht, wie das sein kann, weil ich weder Annette heiße noch Irin bin oder am zwanzigsten Juni geboren wurde. Das ist erst wenige Tage her. Die Standuhr auf dem Sekretär ist auf den siebenundzwanzigsten Juni eingestellt. Ich wüsste es, wenn ich vor kurzem Geburtstag gehabt hätte.

Habe ich etwa eine Party gefeiert, die so ausgeartet ist, dass ich mich an nichts mehr erinnere? Ist es das? Zu viel Alkohol? Oder gar irgendwelche Drogen?

Nein. Ich habe nie Alkohol getrunken oder Drogen genommen. Geschweige denn eine Party gefeiert. Zumindest glaube ich das …

Ich lege den Pass wieder hin und greife nach dem Umschlag. Leider enthält auch er keine Antworten, sondern zwei Bündel Geldscheine. Es sind alles Hundert-Euro-Noten.

Zwanzigtausend Euro.

Eine Kreditkarte liegt auch dabei. Sie ist ebenfalls auf den Namen Annette Johnson ausgestellt und schwarz. Eine Black Card, die nicht mal mein Vater je erhalten hat.

Mein Vater …

Plötzlich flackert ein Bild vor meinem geistigen Auge auf, aber es wird von Schmerz und Abscheu begleitet.

Weil meine Eltern mich hassen.

Bruchstückhaft erinnere ich mich daran, dass irgendetwas in der Vergangenheit furchtbar falsch war, aber ich kann es nicht greifen. Es ist, als würde ich in trübem Wasser einen losen Faden finden wollen, der durch die Bewegung meiner Hand jedoch unerreichbar bleibt.

Mir wird übel. Ich lasse den Umschlag mit dem Geld und der Kreditkarte fallen, um mich nach dem Badezimmer umzusehen, das zweifellos irgendwo sein muss. Als ich die angelehnte Tür am anderen Ende des riesigen Raums ausmache, eile ich auf sie zu und falle vor der Toilette auf die Knie, um mich zu übergeben.

Die Galle brennt in meinem Hals, während mir Tränen aus den Augen laufen.

Tränen … Irgendwas ist mit Tränen … Irgendetwas –

Ich will keine Tränen in diesen Augen sehen.

Wer hat das gesagt? Irgendjemand hat diese Worte zu mir gesagt. Ein Mann. Es klang … verzweifelt. Als würde es ihm Schmerzen bereiten.

Wenn ich mich doch nur erinnern könnte!

Als ich sicher bin, dass nichts mehr meine Kehle hinaufkommt, stehe ich auf, um mir den Mund auszuspülen. Anschließend hebe ich den Blick und sehe in den Spiegel.

Meine Haare … Seit wann sind sie so dunkel?

Das war es, was mich an dem Foto in diesem Pass so gestört hat. Die Farbe. Ich kenne mich nur mit blonden Haaren, aber jetzt sind sie braun. Meine Hand streckt sich, um das Licht einzuschalten, damit ich die Farbe besser sehen kann, doch als die Lampen flackernd zum Leben erwachen, stockt mir der Atem.

Da sind blaue Flecken an meinem Hals. Und meine Schulter … Sind das etwa … Bissspuren?

Das war er.

Ich klammere mich am Waschbeckenrand fest. *Wer?* Wer war es? Wer ist *er* und wieso kann ich mich nicht –

Ich will keine Tränen in diesen Augen sehen, Winter.

Das ist der Name. Das ist mein richtiger Name! Ich heiße nicht mehr November. Ich bin jetzt Winter. Er hat mir diesen Namen gegeben und diese Worte zu mir gesagt. Er war es, dessen Fingerkuppen sich so fest gegen meine Haut gepresst haben, dass ich sichtbare Spuren davongetragen habe. Er, er, er!

Mein Blick gleitet an mir hinab, und aus einem Impuls heraus ziehe ich wie im Wahn das Shirt aus.

Da sind weitere Male. An meiner Taille. Sogar um die linke Brustwarze herum kann ich einen Schatten erkennen, der eindeutig von Zähnen hinterlassen wurde. Und der Schnitt an meinem Brustbein ... Das war auch er.

Ein letztes Mal noch, Baby ...

Baby.

Winter.

Winter Baby.

Dante.

Ich schnappe nach Luft und taumle nach hinten, bis ich gegen die Wand stoße.

Dante. Er war das. Er hat all das getan. Hat mich gebissen, gewürgt und mit der Klinge seines Messers geschnitten. Er hat meine Tränen nicht ertragen und mich Winter Baby genannt.

Er hat mich hierhergebracht.

Das nimmt kein gutes Ende.

Du warst das Beste, Baby.

Es tut mir leid.

Der Stich in meinen Hals. Er hat mir etwas gespritzt. Ein Betäubungsmittel, weil er genau wusste, dass ich niemals freiwillig gegangen wäre. Wie beim ersten Mal. In dieser Nacht, in der er mich gerettet hat, weil ich mich umbringen wollte. Ich wollte sterben, weil mein Leben eine einzige Qual war. Weil meine Eltern mich gehasst haben und Victor mich liebte.

Dante hat mich gerettet – und dann hat er mich weggeworfen.

Irland.

Das Geld.

Der Pass.

Georgina.

Sie erinnert sich an nichts mehr und lebt jetzt in Europa.

Wie Schüsse aus einem Maschinengewehr treffen mich die Erinnerungen und Erkenntnisse.

Dante hat mir ein neues Leben verschafft. Er hat mich ans andere Ende der Welt gebracht, irgendwas mit meinen Erinnerungen gemacht und mich dann einfach hier zurückgelassen.

Eine Wut, wie ich sie nie zuvor hatte, steigt in mir auf. Ich bin so außer mir – so entsetzt von dem, was er getan hat –, dass ich mich nicht mal bewegen kann. Alles in mir spannt sich an, weil ich nicht weiß, wohin mit dieser Welle aus Zorn, bis ich nach dem Seifenspender auf dem Waschbecken greife und ihn mit voller Wucht gegen den Spiegel schleudere.

Das Klirren der Scherben klingt wie Musik in meinen Ohren, während ich beginne, Dante zu hassen. Wie konnte er nur? Wie konnte er mich so hintergehen, obwohl ich ihn liebe? Er hat mir das Leben gerettet. Ich habe ihm gehört, verdammt, und er wirft mich weg wie ein altes Paar Schuhe?

Fahr zur Hölle, Dante. Das wirst du nicht mit mir machen! Du kannst mich nicht im Stich lassen. Nicht nach dem, was du mir geschenkt hast. Nicht mit dem, was wir ineinander gefunden haben.

Dennoch bin ich dankbar. Ich fühle eine Dankbarkeit in mir aufsteigen, die mich beinah auflachen lässt. Denn Dante hat eine Sache nicht bedacht: Als er mich zu sich geholt hat, schenkte er mir mein Leben. Aber mit dem, was er jetzt getan hat, schenkte er mir etwas, das mich nicht nur lebendig, sondern auch furchtlos macht.

Er hat mir Mut geschenkt.

Denn das ist es, was auf Wut folgt. Wenn man sie dreht und wendet, wird Mut daraus, weil man zu Dingen bereit ist, die einen zuvor verängstigt haben.

Und oh, wie wütend ich bin! Wie mutig mich das macht und was ich dafür tun werde, um ihn zu finden und ihm ganz genau zu sagen, was ich davon halte, dass er mich verlassen hat. Er wird seine eigene Medizin in Form meines Zorns schmecken, sobald ich ihn finde. Und dann werden wir sehen, wer von uns beiden das größere Monster ist. Weil Monster erschaffen werden. Und Dante hat *mich* erschaffen.

Ich ziehe das Shirt wieder an und verlasse das Bad.

Das hier ist zweifellos ein Luxushotel. Ich erkenne eines, wenn ich es sehe, weil Victor es manchmal besonders aufregend fand, mich in einem zu vergewaltigen. Vornehmlich an meinen Geburtstagen.

Ich trete an den Sekretär und sehe mir nochmals den Pass an.

Annette Johnson? *Wirklich, Dante?* Und ausgerechnet Irland?

Das Geburtsdatum, das er in den gefälschten Pass eingetragen hat, lenkt meine Aufmerksamkeit auf sich. Ich krame in meinen Erinnerungen und rechne, bis ich es begreife.

Es ist der Tag, an dem er mich gerettet hat. Der Tag, an dem ich sterben wollte. Der Tag, an dem mein altes Leben endete.

Ich lege den Pass wieder hin und greife nach dem Blatt Papier, das unter den Sachen lag. Als ich lese, was darauf steht, kann ich mir ein hysterisches Lachen nicht verkneifen. Dante hat Dinge darauf geschrieben, die mir wohl den Start in mein *neues Leben* ebnen sollten, aber das hier ist ein Witz.

Autounfall der Eltern. Keine Familie mehr. Nicht zurücksehen. Musik. Zeichnen.

Das soll *er* geschrieben haben? Niemals.

Doch dann erinnere ich mich an den Ausdruck in seinen Augen. An diesen letzten Moment, in dem ich noch bei Bewusstsein war. Ich erinnere mich an die Panik in seinem Blick, und mir wird klar, dass er völlig neben sich stand. Es muss ihn schier verrückt gemacht haben, mich wegzubringen, darum konnte er auch nicht klar denken, als er diesen *Brief* verfasst hat.

Schwere legt sich um meine Brust und drückt auf meine Lunge und mein Herz.

Er hat das nicht getan, weil er es wollte. Er tat es, weil er glaubte, es tun zu müssen. Irgendwas ist vorgefallen, das ihn denken ließ, ich wäre ohne ihn besser dran. Darum hat er sich auch so seltsam verhalten. Er war kalt und beinah abweisend, weil etwas passiert ist und die Angst um mich ihn an den Rand der Verzweiflung gebracht hat, er es mir aber nicht sagen konnte. Er hat keinen anderen

Ausweg gesehen, und jetzt ist er auf der anderen Seite des Planeten und … stirbt.

Das nimmt kein gutes Ende.

Er hat es von Anfang an gewusst. Er wusste, dass ich nicht bei ihm bleiben kann, weil … Weil …

Ja, warum? Warum konnte ich nicht bleiben?

Ich laufe in der Suite auf und ab und überlege. Mir wird schwindlig, weil meine Gedanken sich so sehr drehen, bis es mir wie Schuppen von den Augen fällt.

Dante sollte mich ermorden. Irgendjemand wollte, dass ich sterbe, und dieser Jemand muss herausgefunden haben, dass ich noch lebe. Er würde nicht einfach aufhören, mich tot sehen zu wollen, darum hat Dante November umgebracht und Annette auferstehen lassen.

Dabei hat er jedoch etwas übersehen: Winter.

Sie konnte er nicht töten. Und sie wird zu ihm zurückgehen und ihm zeigen, dass er das nicht mit ihr machen kann.

Ich werde ihn nicht finden können, da ich keine Ahnung habe, wo er ist. Aber ich weiß bereits, wie ich ihn dazu bringen kann, *mich* zu finden, und ich werde nicht mal vor dem Preis zurückschrecken, den ich dafür zahlen muss.

VIER
DANTE

Es ist hart. Es ist so fucking hart, weiterzumachen, seit sie weg ist, aber ich habe keine andere Wahl. Wenn ich nicht arbeite, werden meine Gedanken mich in den Wahnsinn treiben. Oder ich lande wieder auf dem Boden meines Badezimmers und starre die Flecken an, die alles verunstalten, weil sie eins der wenigen Dinge sind, die mir von Winter geblieben sind.

Robin beobachtet mich mit Argusaugen. Amanda wirft mir besorgte Blicke zu. Beides ignoriere ich und versuche, so zu tun, als wäre alles gut, obwohl es das nicht ist. Es wird nie wieder gut sein ohne Winter, aber ich halte mich an dem Gedanken fest, dass es erträglicher wird. Dass dieser Schmerz, der mir manchmal die Luft zum Atmen raubt, irgendwann verblasst.

Wenn ich einen guten Tag habe, schaffe ich es, mir einzureden, dass es das wert war. Dass diese kurze Zeit mit Winter es wert war und der Schmerz ein angemessener Preis für das ist, was ich fühlen durfte. Dass diese Illusion von Hoffnung auf eine Zukunft es wert war.

An schlechten Tagen werde ich zu einem erbärmlichen Haufen aus Selbstmitleid, der die krankhafte Neigung entwickelt hat, an Winters Kleidung zu riechen wie ein Psychopath. Dann hole ich das Shirt, das ich bei diesem letzten Mal von ihrem Körper geschnitten habe, aus dem Tresor und vergrabe mein Gesicht in dem Stoff. Es riecht nach ihrer Reinheit und dem Blut, das daran haftet, weil es über den Schnitt geglitten sein muss, den ich ihr zugefügt habe.

An ganz schlechten Tagen foltere ich mich mit dem Slip, den sie zuletzt getragen hat.

Mich wundert nichts davon, da ich mir der Abgründe, die in mir aufklaffen, bewusst bin. Amanda und Robin lasse ich diese schlechten Tage jedoch nicht sehen. Sie würden mich einweisen lassen. Oder erschießen. Beides wäre vermutlich klug, aber wer würde dann die Farm finanzieren?

Was zu meiner letzten Bewältigungsstrategie führt: Ich töte.

Aber nicht einfach nur mit einer Kugel oder den üblichen Spielzeugen, die ich sonst nutze. Nein. Skalpelle, Sägen und Nägel sind nicht mehr das, was mich befriedigt. Es sind nur noch die Messer. Nie die, mit denen ich Winter geschnitten habe – die liegen ebenfalls im Safe –, aber eine Vielzahl anderer, mit denen man ebenfalls wunderbar Blut fließen lassen kann, wobei ich hingegen eine noch viel schönere Einsatzmöglichkeit für sie gefunden habe.

Als ich dem zweiten Mann binnen einer Woche die Haut von den Muskeln ziehe, stelle ich mir vor, er wäre Victor. Die Befriedigung, die mich dabei durchströmt, ist beinah berauschend, auch wenn der Kerl vor mir keine Ähnlichkeit mit dem Monster hat, von dem Winter gequält wurde.

Ich habe alles über diesen *Leibwächter* herausgefunden, was ich wissen wollte, und würde sein Gesicht überall wiedererkennen. Er ist genau das, wovor immer alle warnen. Ein ganz normaler Mittvierziger mit durchschnittlichem Aussehen. Etwas sportlicher als der Großteil der Bevölkerung, jedoch nicht so trainiert, wie er es als Leibwächter sein sollte. Aber ansonsten durch und durch normal.

Er hat eine Schwester, zwei kleine Neffen und geht an seinen freien Tagen gern angeln. Sein dunkelblauer BMW wurde von Samuel Symons bezahlt, er sammelt Schallplatten und hat sich mit dreizehn bei einem Fußballspiel den Arm gebrochen. Die zwei Glock 18, die auf ihn registriert sind, benutzt er regelmäßig am Schießstand, wobei er nur mittelmäßig trifft, und seine Schuhgröße ist 42.

Er ist so gewöhnlich, dass es mich beinah langweilt, aber das sind sie bekanntlich immer. Die Schlimmsten unter uns sind die, von denen wir es am wenigsten vermuten. Und Victor Markow ist einer der Allerschlimmsten.

Ich kann es kaum erwarten, ihm sein scheißnormales Gesicht vom Schädel zu ziehen.

Denn das werde ich. Ich lasse mir noch etwas Zeit, bis ich das Häuten perfektioniert habe, aber dann ... Dann wird dieser Mann sterben. Er wird nach meinem Vater der

Erste sein, den ich aus eigenem Antrieb töte, aber für Winter werde ich es tun. Denn ganz egal, wo sie jetzt ist und was sie macht: Ich kann nicht mit der Gewissheit leben, dass dieser Mensch auf dem gleichen Planeten herumspaziert wie sie. Darum muss er sterben.

FÜNF
WINTER

Ob es klug ist, zu meinen Eltern und somit auch zu Victor zurückzukehren? In einen Flieger zu steigen und auf direktem Weg dorthin zu gehen, wo mir das Leben zur Hölle gemacht wurde? Ob es wirklich die richtige Entscheidung ist, in meinen Käfig zurück zu flattern, wenn die Katze bereits darin auf mich wartet?

Vermutlich nicht. Aber es ist die einzige Möglichkeit, die ich habe.

Fast eine Woche lang habe ich darüber nachgedacht, wie ich an Dante herankomme, aber ich sehe keinen anderen Weg als diesen. Niemand könnte mir helfen, wenn ich nach einem Auftragsmörder mit einem Herz aus Gold fragen würde. Keiner weiß, wer Dante ist oder wo ich ihn finde, weil er sich zu einem Phantom gemacht hat. Weil er im Verborgenen agiert und niemand sein wahres Gesicht kennt.

Drei Tage lang habe ich versucht, mich an den Namen

des Ortes zu erinnern, in dem der Viehmarkt gewesen ist, aber es war sinnlos. Da ist nichts. Und das liegt nicht an dieser seltsamen Amnesie, die mich nach meinem Aufwachen so verängstigt hat, sondern schlicht daran, dass ich zu unaufmerksam gewesen bin. Ich kann also nicht mal annähernd sagen, wo Dantes Farm ist. Robin oder Amanda zu kontaktieren, ist ebenfalls keine Option, da ich auch von ihnen nichts weiß. Mal ganz davon abgesehen, dass ich weder ein Handy noch einen Computer besitze.

Seit mir klar geworden ist, dass ich zu meinen Eltern gehen muss, weil ich weiß, dass sie mein plötzliches Auftauchen für Publicity-Zwecke ausschlachten werden, bereite ich mich auf dieses Wiedersehen vor. Es wird hässlich. Es wird schmerzhaft. Und am Ende werde ich mich Victor stellen müssen, aber Dante ist es wert. Sein Herz und seine Seele sind es wert, dass ich in diese Hölle zurückkehre, weil ich weiß, wie ich ihn rufen kann.

Du wirst blinzeln. Oft. Und wenn ich es nicht sehen kann, wirst du mit den Fingern schnipsen.

Es wird so einfach sein. Ich muss nicht mal offenbaren, dass ich wieder spreche, weil Dante mich nur sehen muss. Er braucht keine kryptischen Botschaften zwischen den Worten. Blinzeln und Schnipsen. Das ist alles, was ich tun muss.

Der Flug zurück in die USA sind meine letzten Meter in Freiheit. Dessen war ich mir bereits bewusst, als ich das Flugzeug bestieg. Sobald ich amerikanischen Boden betrete und den Beamten am Flughafen sage, wer ich bin, wird die Falle hinter mir zuschnappen.

Und so kommt es auch.

Es dauert keine dreißig Minuten, bis zwei Polizisten in den kleinen Raum stürmen und mich umgehend zu meinen Eltern bringen. Als Tochter meines Vaters bleibt es mir erspart, meine Aussage auf dem Revier zu tätigen, wobei ich sowieso nicht viel zu sagen hätte. Ich mime die verängstigte Frau, die nicht spricht, und schreibe auf, dass ich mich an nichts erinnern kann. Die Papiere und die Kreditkarte habe ich auf einer Flughafentoilette entsorgt. Die zwanzigtausend Euro bin ich schon in Irland losgeworden, da ich mit so viel Bargeld nicht problemlos in den Flieger hätte steigen können.

Ich bin fast ein bisschen stolz auf mich, bis die Polizeibeamten verschwinden. Die offizielle Meldung ist, dass die Symons nach der Rückkehr ihrer Tochter zusammen für einige Tage in eines ihrer Feriendomizile fahren, um das Geschehene zu verarbeiten. Ich hingegen weiß, dass es einen anderen Grund hat, wieso wir wegfahren.

Ein Glaskasten eignet sich nicht dafür, die eigene Tochter zu demütigen und zu quälen.

»Du hast alles kaputtgemacht, weißt du das?«

Die Stimme meines Vaters hallt von den nackten Betonwänden wider. Es ist kühl hier unten, doch er schwitzt wie verrückt, weil er so außer sich ist.

Ich sitze auf einer Pritsche, die er mir zähneknirschend gelassen hat, weil ihm klar ist, dass ich nicht sehr repräsentabel aussehen würde, wenn ich die nächsten Tage auf dem dreckigen Boden schlafen würde.

Dieser Raum hat eine ganz eigene Geschichte. Eine,

über die ich jetzt nicht nachdenken will, weil sie mir die Galle hochkommen lässt und ich einen klaren Kopf brauche.

Da ich für meinen Vater noch immer die nichtsnutzige, schweigende Brut bin, die er nie wollte, antworte ich nicht. Stattdessen hocke ich zusammengekauert da und warte. Irgendwann wird er gehen und mich zumindest vorerst allein lassen. Und später – wenn die Nacht hereinbricht – wird Victor kommen, um mir weiszumachen, er hätte mich vermisst.

»Du nutzloses Miststück hättest mich beinah um die Stimmen gebracht, die ich brauche.«

Du hast sie doch bekommen, denke ich. *Tu nicht so, als wäre mein Verschwinden nicht der beste Wahlkampf gewesen, den du hättest führen können. Es läuft doch* genau so, *wie du es dir immer gewünscht hast, oder etwa nicht,* Dad?

Ich spreche keines der Worte aus. Sie sollen weiterhin denken, ich würde schweigen, weil es so für alle Beteiligten leichter ist. Wenn ich plötzlich etwas sagen würde, würden meine Eltern vermutlich erst recht durchdrehen. Denn eine sprechende Tochter ist eine Gefahr, wenn man sie jahrelang misshandelt hat. Also lasse ich sie weiterhin denken, ich wäre gebrochen und fügsam. Sie dürfen nicht wissen, dass ich eine Rüstung trage, die Dante für mich geschmiedet hat. Nichts und niemand wird sie durchdringen können, ganz egal, wie wütend sie alle sind. Ganz egal, was hier passieren wird.

Meine Mutter hat sich nicht die Mühe gemacht, mich auch nur anzusehen. Ich bin ihr so schrecklich egal, dass es schon beinah lächerlich ist. Aber auch das kann mich nicht mehr treffen. Ich habe nie einen Funken mütterlicher Liebe gespürt, also ist das nichts, was ich nun vermisse.

Wen ich hingegen vermisse, ist Amanda. Die wenigen Stunden, die ich mit ihr verbracht habe, waren so befreiend und schön …

Sie, Dante und Robin sind für mich mehr, als es die Menschen in diesem kalten Haus hier jemals waren. In ihnen habe ich eine echte Familie gefunden, auch wenn ich nicht freiwillig bei ihr gelandet bin. Aber wenn es einen Menschen auf diesem Planeten gibt, der weiß, dass Blut *nicht* dicker als Wasser ist, dann bin das ich.

Die Pressekonferenz, in der meine Eltern die frohe Botschaft über die Rückkehr ihrer verschollenen Tochter verkünden, ist mein wichtigster Auftritt. Von ihr hängt alles ab. Wenn ich es in diesen Minuten, in denen die Kameras auf meine Eltern und mich gerichtet sind, nicht schaffe, Dante zu erreichen, werde ich ihn nie wiedersehen.

Aber ich funktioniere. So, wie ich immer für Victor funktioniert habe, der nur wenige Meter entfernt hinter uns steht.

Ich weiß nicht, ob er im Bild zu sehen ist, aber ein Teil von mir hofft, dass es nicht so ist. Denn ich bin mir sicher, dass Dante inzwischen herausgefunden hat, wer er ist. Er weiß, wie der Mann aussieht, der mir alles genommen hat, was ich je an Unschuld besessen habe. Und Victors Anblick wird ihn um den Verstand bringen und im schlimmsten Fall verhindern, dass Dante auf mich achtet.

Die Aufnahme der Pressekonferenz wird mehrfach wiederholt, aber ich kann mich nicht darauf verlassen, dass

Dante sie mehrmals sieht. Wenn er zu sehr von Victor abgelenkt wird und wegschaltet, weil er dessen Anblick nicht erträgt …

Nein. Dante wird hinsehen. Er wird *mich* sehen und verstehen, was ich ihm sagen will. Er wird wissen, dass ich mich an alles erinnere und er mich holen kommen muss.

Das Blitzlichtgewitter raubt mir die Sicht. Ich weiß nicht, wann meine Eltern mich das letzte Mal in diese Position gedrängt haben, aber dieses grelle Leuchten könnte ich nie vergessen. Ich fühle mich ausgeliefert. Wie auf dem Präsentierteller stehe ich neben meiner Mutter, die sich für die Presse tatsächlich dazu überwindet, einen Arm um mich zu legen. Doch ich spüre, wie verkrampft ihre Faust an meinem Rücken ist. Sie ist kurz davor, sich die Hand abzuhacken, wenn das bedeutet, dass sie mich nicht länger berühren muss.

Tut mir leid, Mutter. Da müssen wir jetzt beide durch. Also reiß dich zusammen und spiel die Rolle, die du dir ausgesucht hast.

Der Kameramann gibt das Zeichen dafür, dass die Aufnahme beginnt. Meine Eltern reden, ich schweige. Dabei höre ich nicht auf das, was sie sagen. Es sind ja doch nur Lügen, die ihr perfektes Bild von der perfekten Ehe und dem perfekten Familienglück aufrechterhalten sollen. Stattdessen richte ich meinen Blick in die Kamera, wobei ich darauf achte, verunsichert und klein zu wirken. Dieses eine Mal werde ich mitspielen, aber ich werde eine Doppelrolle in dem Stück einnehmen.

Immer wieder blinzle ich mehrfach hintereinander und bewege die Finger meiner rechten Hand so, dass es für jeden nach einem nervösen Zucken aussieht, Dante aber genau erkennt, was ich tue. Er *muss* es einfach erkennen. Wenn er es nicht sieht, habe ich mich selbst ins Fegefeuer geworfen und werde für alles büßen, was ich nie getan habe.

Du musst mich ansehen, Dante, sage ich in Gedanken immer wieder. *Du musst hinschauen und mich retten, wie du es schon mal getan hast, hörst du? Kannst du das für mich tun? Kannst du mich noch einmal retten? Denn falls nicht, war alles umsonst.*

SECHS
DANTE

»Was machst du hier drin?« Ich werfe die Arbeitshandschuhe, die ich bis eben noch getragen habe, weil wir eine Heulieferung bekommen haben, auf den Schreibtisch und sehe zu Robin. Er hat sich in einen Sessel gefläzt, den ich nie benutze, und starrt auf den Nachrichtenticker von CNN, wobei ein Tablet auf seinem Schoß liegt.

»Mein Fernseher ist kaputt«, antwortet er abwesend. »Ich muss wissen, was meine Aktien machen.«

Ich lasse mich auf den Schreibtischstuhl fallen und schalte die Monitore meines Computers an. »Ich habe dir schon mal gesagt, dass ich das für dich übernehmen kann. Du baust jedes Mal Scheiße, wenn du Geld investierst.«

Robin murmelt etwas Unverständliches, woraufhin ich den Kopf schüttle.

»Vor allem hast du einen Internetzugang«, erinnere ich ihn. »Man kann inzwischen online fernsehen, falls es dir entgangen sein sollte. Sogar mit dem Teil, das auf deinem Schoß liegt.«

»Sei still und lass mich in diesem Sessel auf diesem Fernseher herausfinden, ob ich halten oder verkaufen soll.«

Zähneknirschend nehme ich es hin.

Es ist nicht so, dass ich Robin nicht traue. Ganz im Gegenteil. Er hält mir den Rücken frei und hat mir schon ein paarmal das Leben gerettet. Aber mein Büro ist mir heilig. Es schmeckt mir einfach nicht, dass er hier herumlungert.

»Kauf dir einen neuen Fernseher«, sage ich und sehe nach meinen eigenen Depots.

Dass ich kaum noch schlafe, seit Winter weg ist, hat seine Vorteile. Ich nutze die Zeit, um mich noch intensiver mit dem Markt zu beschäftigen, wodurch ich einige gute Geschäfte machen konnte. Zudem lenkt mich die Arbeit von meinen Erinnerungen an sie ab, was dazu führt, dass ich an manchen Tagen regelrecht hier drin versumpfe. Vielleicht flüchte ich mich aber auch nur hierher, weil ich es in meinem Zimmer nicht aushalte, da ich Winter dort gefühlt überall gefickt habe und alles ihren Namen schreit.

»Dante ...«

Ich sehe nicht auf, weil einer meiner ETFs mir etwas Sorgen bereitet und ich zu verstehen versuche, was ihn in den Keller hat sacken lassen.

»Das solltest du dir ansehen«, verlangt Robin und schaltet den Ton des Fernsehers ein.

»Jetzt nicht«, murmle ich. Das hier ist wichtiger. Es liegt fast eine halbe Million von mir in diesem ETF, und wenn er noch mehr sinkt, muss ich –

Felines Stimme bohrt sich wie die Kugel einer Waffe in

meinen Schädel und lässt jeden Gedanken augenblicklich verstummen.

»Mach das aus«, grolle ich mit geschlossenen Augen, da ich diesen Klang nicht ertrage. Ich will nicht hören, wie sie weiterhin so tut, als würde sie das Verschwinden ihrer Tochter betrauern. Und noch viel weniger will ich diesen Namen hören, den sie ihr gegeben hat, oder das Foto sehen, das die Nachrichtensender zweifellos noch immer zeigen. »Ich mein's ernst, Robin. Mach das aus oder ich breche dir was.«

Doch er dreht den Ton lauter, so dass Felines Stimme durch mein Büro dröhnt und ich kurz davor bin, das Scheißteil von der Wand zu reißen.

»... *ein Wunder! Und das so kurz vor der Verkündung der Wahlergebnisse ... Wir könnten nicht glücklicher sein und danken Gott dafür, dass er uns unsere November zurückgebracht hat.*«

Ich erstarre. Keiner meiner Muskeln gehorcht mir mehr. Ich schaffe es nicht mal, meine Lider zu heben, weil das hier ein verfluchter Scherz sein muss. Oder ein Albtraum. Ja, genau. Ich träume, denn das, was ich glaube, gehört zu haben, kann nicht wahr sein. Es *darf* einfach nicht wahr sein.

»Sie ist es, Dante.«

Fuck.

Ich will nicht hinsehen. Wenn ich jetzt die Augen öffne und tatsächlich Winter auf diesem Bildschirm sehe, wird das Dinge mit mir machen, die ich nicht kontrollieren kann.

»Was zum Teufel macht sie da?«

Robins Stimme übertönt erneut Felines Lügen und zwingt mich dazu, doch aufzuschauen.

Da ist sie. Auf einem Podium hinter einem kleinen Rednerpult – neben sich ihre Mutter – steht Winter und sieht geradewegs in meine Augen. Ihr Anblick verschlägt mir die Sprache. Ich scheine vergessen zu haben, wie sie aussieht, denn in meinen Erinnerungen war sie nicht annähernd so schön, wie sie es jetzt auf diesem Bildschirm ist. Sie strahlt etwas aus, das ich nicht deuten kann, und obwohl ich genau weiß, dass ich darüber nachdenken sollte, wieso sie bei ihren Eltern ist, kann ich nichts anderes tun, als sie stumm und mit leerem Kopf anzustarren. Ich merke nicht mal, was Robin meint, bis er erneut nachfragt.

»Was ist mit ihrer Hand?«

Mein Blick entfernt sich widerwillig von diesem Gesicht mit den Wolkenaugen und wandert hinunter zu der Hand, die locker an ihrem Oberschenkel liegt. Doch dann erkenne ich es, und die Emotionen, die mich daraufhin durchfluten, sind so gegensätzlich und stark, dass es mich beinah vom Stuhl reißt.

»Sie sagt mir, dass sie sich erinnert«, erkläre ich leise, während ich das kaum merkliche Schnipsen betrachte. Wieder und wieder bewegen sich ihre Finger, wobei sie zweifellos keinen Ton von sich geben, da sie die Bewegung nur andeutet.

Ich schaue wieder in ihr Gesicht und bemerke nun auch das Blinzeln. Für jeden anderen mag es wie ein nervöser Tick wirken; etwas Willkürliches, das ihr gar nicht auffällt. Aber ich weiß ganz genau, was sie da tut.

Sie spricht zu mir. *Es ist zu viel. Hör auf,* sagt sie, und ich muss mich an den Lehnen des Stuhls festhalten, um nicht aufzuspringen und dieses Schauspiel zu sprengen, bei dem sie da mitmacht.

Winter steht nur aus einem einzigen Grund dort: Sie weiß ganz genau, dass ich sie sehe. Sie erinnert sich nicht nur an mich, sondern auch daran, dass ich die Nachrichtensender eingeschaltet hatte, weil ich die Meldungen für das Trading brauche. Sie weiß, dass ich sehe, wie sie schnipst und blinzelt. Und sie weiß auch, dass ich das nicht ignorieren kann. Sie schreit mir förmlich ins Gesicht, dass ich mit dieser Farce aufhören und sie da rausholen soll. Niemand sonst würde verstehen, was sie tut, und das macht mich erneut zu einer Marionette. Es macht mich zu ihrem Bauern, und nun ist es an mir, den nächsten Zug zu planen, um meine Königin zu retten.

»Wie ist das möglich?«, höre ich Robin fragen, während Winter vom Bildschirm verschwindet, als eine andere Meldung eingeblendet wird.

Ich starre weiterhin auf die Pixel, die soeben noch ihre Iriden gezeigt haben, und versuche, einen klaren Gedanken zu fassen.

»Hast du ihr das Mit–«

»Natürlich habe ich ihr das verdammte Mittel gegeben«, unterbreche ich ihn mit plötzlicher Wut. »Ich habe keine Ahnung, wie das möglich ist.« Dann drehe ich mich zu ihm um und verenge die Augen. »Du hast es angemischt. Ich habe dir gesagt, wie viel sie wiegt. Erklär du mir, wie –«

»Und ich habe getan, was du von mir verlangt hast!«

»Wieso zum Teufel steht sie dann da und *erinnert sich*?«

Robin erwidert meinen Blick mit stoischer Ruhe. »Ich weiß es nicht. Vielleicht ist sie immun.«

Ich lache auf. »*Immun*? Sie ist … *Fuck!* Niemand ist gegen so einen Scheiß immun!«

»Ich bin dein Freund, Dante. Habe ich dich jemals hängenlassen? Gab es auch nur eine Sache, bei der du mir nicht trauen konntest?«

Gottverdammt …

Er hat recht. Robin würde mich nicht hintergehen. Wieso auch? Was hätte er davon, dass Winter sich erinnert? Wenn er mir schaden wollen würde, müsste er nur in den Keller gehen, sich an meinem Waffenarsenal bedienen und mir im Schlaf eine Kugel in den Kopf jagen. Das würde sogar er schaffen, obwohl er ein Problem mit Blut, Gewalt und dem Tod hat.

Wie auch immer das möglich ist, es ändert nichts an den Tatsachen. Winter erinnert sich nicht nur, sie ist auch bei den Menschen, die sie am meisten hassen. Sie ist bei ihren Eltern und Victor, und ich erlaube mir nicht, darüber nachzudenken, was sie mit ihr machen. Was *er* mit ihr macht. Von dem Auftraggeber, dessen Nachricht ich ignoriert habe, mal ganz abgesehen.

Da draußen sind eine Menge Monster, die Winter wollen, und sie ruft ausgerechnet nach einem von ihnen, damit es sie rettet.

Sie muss den Verstand verloren haben.

»Was wirst du jetzt tun?«, will Robin wissen, als erneut Winters Gesicht gezeigt wird.

Blinzelnd und mit sturem Blick sieht sie in die Kamera. Erst jetzt habe ich die mentale Kraft, sie mir genauer anzusehen. Die Schultern sind leicht hochgezogen. Sie trägt eine hochgeschlossene Bluse, da die Bisswunden vermutlich noch sichtbar sind. Ihr

Gesichtsausdruck ist eine makellose Maske aus Unsicherheit, in die sich das Blinzeln perfekt einfügt. Jeder wird glauben, dass es die vielen Kameras und Blitzlichter sind, die sie so blinzeln lassen. Dass dieses arme Ding furchtbar verängstigt ist nach dem, was ihm zugestoßen ist.

»Die neunzehnjährige November Symons verschwand am zwanzigsten Juni spurlos aus dem Haus ihrer Eltern. Ein Unbekannter hatte sie entführt und zwei Wochen lang in seiner Gewalt, bis sie entkommen konnte. November ist wohlauf, kann sich aufgrund der traumatischen Geschehnisse jedoch an nichts erinnern.«

Sie kann sich an *alles* erinnern. Und es sind auch nicht die Tage bei mir, die für sie traumatisch waren.

Wie gern würde ich dem Sprecher im Off für diese Berichterstattung den Hals umdrehen, obwohl ich genau weiß, dass er nur wiedergibt, was ihr Vater und seine Gefolgschaft ihm diktiert haben.

»Senatorenkandidat Samuel Symons kann kurz vor der Verkündung des Wahlergebnisses endlich aufatmen. Das Verschwinden seiner Tochter habe ihn beinah zurücktreten lassen, doch der Beistand des Volkes hat ihm die Kraft gegeben, die er gebraucht hat, um diese schreckliche Zeit durchzustehen. ,Wir werden denjenigen finden, der unsere Tochter mitgenommen und uns das angetan hat, und ihn im Angesicht Gottes dafür bestrafen', erklärte Symons am Mittag. Auch die Staatsanwaltschaft machte deutlich, dass sie mit erhöhtem Druck daran arbeite, den Täter zu finden. Bislang liegen keine Hinweise vor, weswegen das FBI um die Mithilfe der Bürger bittet. Symons liegt trotz des Verschwindens seiner Tochter mit den Stimmen vorn und könnte …«

Irgendwas in meinem Kopf rastet ein und macht mir klar, dass ich augenblicklich handeln muss.

»Ich hole sie da raus«, antworte ich Robin.

Denn die Anzahl der Monster in ihrem Leben ist gerade gesunken.

SIEBEN
WINTER

Ich höre seine Schritte. Jeden einzelnen. Er geht die Treppe runter, dann den Gang entlang. Er ist allein, aber das tröstet mich nicht. Im Gegenteil. Wenn er allein kommt, wird es schlimmer, weil keiner zusieht und ihn dadurch in Schach hält.

Noch zehn Schritte. Dante würde für den gleichen Weg nur sechs brauchen. Und er würde dabei nicht einen Laut machen, weil er ganz genau weiß, wie man sich anschleicht. Er ist der geborene Jäger, und ich hoffe, dass ich seine nächste Beute bin.

Victor kann es jedoch egal sein, ob ich ihn höre oder nicht. Vermutlich will er sogar, dass ich genau weiß, wer und was auf mich zu kommt. Er ergötzt sich daran. Zu wissen, dass er mich quält, macht ihn geil.

Ich konnte auf der Fahrt zurück zum Haus sehen, wie hart er war. Es ließ Übelkeit in mir aufsteigen, doch solange meine Mutter in der Nähe ist, rührt er mich nicht an. Nicht aus Angst, sondern weil meine Mutter in dem Glauben ist, dass ich es genieße. Dass ich Victor verführt hätte und es mir Freude bereiten würde, mit ihm zusammen zu sein. Und wenn sie eines nicht erträgt, dann eine glückliche Tochter.

Dass ein fünfjähriges Kind niemanden *verführt* und es auch nicht *genießt*, wenn sich ein Mann an ihm vergeht, scheint sie auszublenden.

Drei Schritte. Dante wäre bereits im Raum.

Die Tür wird geöffnet, und ich atme durch, bevor ich mein gerecktes Kinn sinken lasse. Ich weiß genau, wie Victor mich haben will. Und ich weiß auch, wie er ist, wenn er mich nicht so bekommt. Also schlüpfe ich zurück in diese leere, tote Hülle, die jahrelang meine Seele umgeben hat, und wappne mich innerlich. Ich verstecke Dantes Rüstung unter meiner Haut, damit niemand sie sieht, und blicke Victor aus unterwürfigen Augen an, als er den Raum betritt.

»November.« Er schnurrt diesen Namen, der nie wirklich zu mir gehört hat, und verursacht mir damit erneut Übelkeit. »Was für ein unerwartetes Wiedersehen.«

Dann kommt er auf mich zu und setzt sich neben mich auf die Pritsche. Sie quietscht unter seinem Gewicht, und der Klang will mich in Ketten legen, doch ich lasse es nicht zu.

Victor bringt seine Finger an mein Kinn und zwingt mich dazu, ihn anzusehen. »Wer hat dir die Haare gefärbt, kleine November?«

Seine Berührung fühlt sich wie Säure an.

Ich war darauf vorbereitet, dass es schlimm werden würde. Immerhin habe ich genau das jahrelang ertragen müssen. Nichts daran ist neu für mich. Aber nachdem ich weiß, wie sich eine solche Berührung anfühlen kann, wenn sie nicht von jemandem kommt, den man aus tiefstem Herzen verabscheut … Nachdem ich weiß, wie es sich anfühlt, wenn Dante mich so berührt …

Das ist eine ganz neue Hölle. Sie ist tiefer. Dunkler. Lodernder.

Diese Hölle, in die ich gerade geworfen werde, ist der blanke Horror, und für einen Moment glaube ich, dass ich es nicht ertragen kann. Dass ich erneut brechen und endgültig kaputtgehen werde. Dass nicht einmal Dante mich mehr zurückholen kann und ich mit der Rückkehr zu meinen Eltern einen schrecklichen Fehler begangen habe.

Victors Hände gleiten über meinen Körper. Sie streicheln mich, während er mir Worte ins Ohr flüstert, die mir wie erwartet weismachen wollen, wie schön es ist, dass ich wieder da bin. Er würde mir sogar die Haarfarbe verzeihen, sagt er. »Aber wir blondieren sie trotzdem wieder.«

Ich schließe die Augen. Anders als bei Dante werde ich hier nicht abdriften. Denn das ist schließlich genau der Albtraum, in dem ich jedes Mal gelandet bin, wenn Dante liebevoll zu mir war. Das hier ist der Ort, in dem ich mich verloren habe, nur dass ich ihm jetzt nicht entkomme. Da ist niemand, der mich zurückholt. Keine starken Hände, die sich mit festem Griff an meine Hüften legen. Keine Finger, die mir die Luft zum Atmen rauben. Keine Zähne, die sich in meiner Lippe versenken, und keine Zunge, die mein Blut ableckt. Kein Dante, der instinktiv zu wissen schien, was er tun musste, und es selbst dann tat, wenn es ihn zerriss.

Ich muss hier ganz allein durch. Diese neue Hölle wird mich entweder stärker machen oder zerstören. Es hängt ganz davon ab, ob ich es schaffe. Ich muss nur durchhalten. Muss daran denken, dass es nicht für immer ist und enden wird. Dass ich am Morgen allein sein werde und die abgesplitterten Teile von mir aufheben und wieder zusammenfügen kann, bevor die nächste Nacht kommt.

»Hast du dir wehgetan, mein Schatz?«

Victors Finger streicht über den Verband, den ich mir selbst neu angelegt habe, während ich in dem Hotel, in dem Dante mich zurückgelassen hat, meinen Plan schmiedete. Ohne auf eine Reaktion von mir zu warten, nimmt er die Klammer ab und wickelt den Verband von meinem Arm.

»Interessant«, murmelt er, bevor ich seine Fingerspitzen an der Wundnaht spüre.

Ein plötzlicher Schmerz fährt mir bis in die Schulter, und ich keuche vor Schreck auf. Als ich die Augen aufreiße und nach unten blicke, sehe ich, dass Victor einen der Fäden gewaltsam aus meinem Arm gezogen hat. Die Wunde war fast verheilt, doch jetzt blutet sie dort, wo der Faden meine Haut aufgerissen hat.

Er lässt die winzige Schlaufe achtlos auf den Boden fallen und streckt den Finger aus, um damit den Blutstropfen aufzufangen.

Nein ... Bitte nicht. Nicht das. Nimm es mir nicht. Das ist etwas, das ich nur mit Dante teile. Er ist der Einzige, der mein Blut trinken darf. Bitte ...

Victor schiebt den Finger zwischen seine widerwärtigen Lippen und lutscht an ihm, wobei er ein kratziges Stöhnen von sich gibt.

Ich habe mich geirrt. Ich schaffe das nicht. Es war ein Fehler. Ich werde nicht ertragen, was er mit mir tut, weil es mich zerreißt, zu wissen, wie es mit Dante war. Ich will es nicht vergleichen, doch ich kann nicht damit aufhören. Es hört einfach nicht auf …

Mein Kopf zerspringt jeden Moment und ich werde nie wieder dazu fähig sein, mich von Dante berühren zu lassen, wenn ich das hier ertragen muss. Ich werde sterben. Ich *will* sterben, denn wenn ich nicht mit Dante zusammen sein kann, wofür dann das alles?

So tapfer … Weißt du, wie tapfer und stark du bist, Winter?

Dantes Worte rauschen durch meinen Kopf, und ich versuche, mich an ihnen festzuklammern. Doch es reicht nicht.

Victor leckt nun über die Wunde, nachdem er zwei weitere Fäden auf barbarische Weise aus meinem Arm gerissen hat. Es ist falsch. Das ist Dantes Blut. Ich gehöre ihm und nicht Victor, und ich weiß nicht, wie ich das hier ertragen soll …

Du kannst das schaffen, Baby. Halte noch ein wenig durch. Nur ein kleines bisschen, dann bin ich bei dir. Sei tapfer. Sei tapfer und atme. Tu es für mich, Winter Baby.

Ich weiß, dass es kein gutes Zeichen ist, wenn man Stimmen hört, die nie ausgesprochene Dinge sagen, doch die Worte, die ich Dante in meinem Kopf formen lasse, halten mich oben. Sie verhindern, dass ich ertrinke, und festigen meine Rüstung ein wenig. Sie erinnern mich daran, wieso ich durchhalten muss. Ich muss Dante die Zeit geben, die er braucht, um zu mir zu kommen. Ich muss das hier für ihn durchstehen. Für ihn und mich und diese Zukunft, die ich in seiner Stimme gehört habe. Ich muss aushalten, was Victor tut, damit all das Realität werden kann.

Also schließe ich meine Augen und bin tapfer. Ich bin tapfer und atme. Die ganze Nacht lang.

ACHT
WINTER

»Zieh das an.«

Die harsche Stimme meines Vaters weckt mich, bevor er etwas nach mir wirft. Ein Bündel Kleidung landet auf meinem Körper, der nackt unter der kratzigen Wolldecke liegt, weil ich keine Kraft mehr hatte, mich wieder anzuziehen, nachdem Victor gegangen ist.

Alles schmerzt. Mein Arm ist voller Blut, und ich befürchte, dass es nicht das einzige Blut war, das heute Nacht aus meinem Körper geflossen ist.

Victor war wütend. Es war eine schreckliche Mischung aus Zärtlichkeit und Rücksichtslosigkeit, mit der er seinen Zorn an mir ausgelassen hat. Aber selbst mein wahnwitziger Versuch, so zu tun, als wäre es Dante, der mir diese Schmerzen zufügt, war sinnlos. Es führte nur dazu, dass ich mich noch elender fühlte, weil ich das, was wir geteilt haben, damit beschmutzte. Weil ich es gewagt habe, mir vorzustellen, Victors Hände wären die von Dante.

»Beweg dich endlich!«

Die Decke wird von meinem Körper gerissen. Ich zucke nicht mal zusammen, da es nicht das erste Mal ist, dass mein Vater mich so sieht. Stattdessen kämpfe ich mich hoch und greife nach den Sachen, die zusammen mit der Decke auf dem Boden gelandet sind.

Wenn ich mich anziehen muss, bedeutet das vermutlich, dass wir wieder fahren, ansonsten wäre es ihm egal, was ich trage oder ob ich nackt bin.

»Mach schon. Da ist ein FBI-Agent, der mit dir reden will.«

Ich reagiere nicht auf seine Worte, beeile mich jedoch damit, die Kleidungsstücke anzuziehen. Sobald Außenstehende im Spiel sind, ist es noch wichtiger, zu gehorchen, da ich die Wut meines Vaters sonst nur noch mehr schüre.

»Und mach irgendwas mit deinen Haaren. Du siehst aus wie eine Schlampe.«

Mit diesen Worten dreht er sich um und geht voran. Ich folge ihm und streiche dabei mit meinen Fingern durch die langen Strähnen. Mein Vater lässt mich kurz in das kleine Bad im Keller, damit ich mir das Gesicht abwaschen und die Toilette benutzen kann, dann drängt er mich die Treppe hinauf.

»Geh in dein Zimmer. Victor bringt ihn zu dir.«

Ich nicke nur. Er braucht mir nicht zu erklären, dass ich nicht auf dumme Gedanken kommen soll. Ich weiß auch so, dass es zwecklos wäre, den Beamten um Hilfe zu bitten, da mein Vater jeden Staatsanwalt im Umkreis von fünfhundert Meilen in der Hand hat. Er ist unbesiegbar, weswegen er auch nie befürchtete, dass der jahrelange Missbrauch an mir seinen Ruf zerstört oder ihn gar ins

Gefängnis bringt. Ich war nie etwas, worüber er sich Sorgen machen musste. Ich war höchstens ein Ärgernis. So, wie ich es auch jetzt bin, weil er wegen mir einen Cop in sein Haus lassen und dieses Schauspiel aufrechterhalten muss.

Mein Zimmer sieht aus wie immer. Kalt und ohne einen einzigen persönlichen Gegenstand. Der Laptop auf dem Tisch ist das Einzige, was vermuten lässt, dass hier jemand wohnt, aber selbst den haben meine Eltern mir nur zugestanden, damit ich Fernunterricht nehmen konnte. Immerhin wusste die halbe Nation von mir, und es wäre auffällig gewesen, wenn ich in keiner Schule eingeschrieben oder nicht wenigstens einen Privatlehrer gehabt hätte. Schlimm genug, dass ich nicht sprach, wobei sie selbst das für ihre Zwecke nutzten. Ich war das verhaltensgestörte Kind, das es nicht ertrug, außerhalb des Hauses zu sein. Ein geschmierter Psychologe bestätigte, dass ich zu sensibel für die Reize sei und deshalb besser so selten wie möglich das Haus verlassen sollte. Für die Presse war das Gold wert. Sie haben meine Eltern für ihre Fürsorge regelrecht in den Himmel gelobt.

Das Klopfen an der Tür reißt mich aus meinen Gedanken. Schnell setze ich mich auf das Bett, ziehe den Ärmel meines Oberteils über die frischen Wunden und wappne mich für ein weiteres einseitiges Gespräch.

Als ich nicht antworte, höre ich ein leises Murmeln, dann Victors Antwort, in der er erklärt, dass ich nicht spreche.

Ob er je begriffen hat, dass er daran schuld ist, dass ich jahrelang keinen Ton herausgebracht habe, wenn jemand in meiner Nähe war?

Eine Sekunde später wird die Tür geöffnet und ich senke den Blick. Ich muss verunsichert wirken. Verschreckt und nervös. Schließlich wurde ich gekidnappt und war zwei Wochen lang in der Gewalt meines vermeintlichen Entführers.

Ein Paar pechschwarzer Herrenschuhe tauchen am Rand meines Blickfelds auf. Sie halten inne, doch ich schaue weiterhin nach unten auf den Boden vor meinen Füßen.

Erst, als die Tür geschlossen wird, bewegen sich die Schuhe und kommen einen Schritt näher. Die Beine einer ebenfalls schwarzen Hose sind das Nächste, was ich sehe, und für den Bruchteil einer Sekunde denke ich an Dante. Denke an die maßgeschneiderten Anzüge, die er immer trägt, und daran, dass ich ihn nie gefragt habe, was der Grund dafür ist.

»Miss Symons, ich bin Agent Gardner. Falls es für Sie in Ordnung ist, würde ich Ihnen gern ein paar Fragen stellen.«

Diese Stimme …

Ich kann mich nicht rühren, weil ich versuche, es zu begreifen, doch das kann einfach nicht sein. Nicht hier. Nicht jetzt. Nicht so schnell und nicht in diesem Haus.

Als ich noch immer nicht reagiere, überbrückt er den Abstand zwischen uns, sinkt vor mir auf ein Knie und legt einen Finger unter mein Kinn. Etwas, das ein FBI-Agent nie tun würde.

Mir stockt der Atem, aber ich wage es noch immer nicht, den Blick zu heben. Ich habe Angst davor, dass es nicht wahr ist.

»November? Können Sie mich verstehen?« Er zwingt mich dazu, den Kopf zu heben.

Ein schwarzer Anzug, darunter ein schwarzes Hemd und eine rabenschwarze Krawatte. Alles maßgeschneidert. Alles makellos.

Dunkelbraune Augen fesseln meinen Blick, und ich bin mir sicher, dass ich träume.

»Nicken Sie einfach, wenn Sie mich verstehen«, sagt die Stimme. »Können Sie das für mich tun, November?«

Nein. Nein! Benutz nicht diesen Namen. Sprich ihn nicht aus. Er klingt falsch aus deinem Mund. Ich bin doch deine Winter! Nenn mich Winter. Bitte nenn mich bei meinem richtigen Namen …

Ich deute ein Nicken an, während sein Finger mich verbrennt. *Sein* Finger.

Es ist Dantes Finger, der meine Haut in Flammen aufgehen lässt, weil er hier ist. Er ist hier, um mich zu retten. Er ist *hier*, im Haus meiner Eltern, und er hat gerade mit Victor geredet und … O mein Gott … *Wie?*

»Sehr gut. Ich setze mich hierhin, ja?« Mit diesen Worten lässt er mich los und erhebt sich, um den Stuhl unter dem Schreibtisch hervorzuziehen und darauf Platz zu nehmen.

Ich kann trotz des Anzugs sehen, wie seine Muskeln beben. Sich von mir zu entfernen, verlangt ihm alles ab, und auch ich will, dass er bleibt. Dass er mich weiterhin berührt. Dass er nicht so weit weg ist, weil ich ihn ganz nah bei mir brauche.

»Ich komme direkt zur Sache. Fühlen Sie sich jetzt gerade beobachtet? In diesem Augenblick?« Dabei sieht er mich so eindringlich an, dass ich glaube, dass mehr hinter den Worten steckt. Er meint mehr. Es ist eine andere Frage, die er mir stellt.

Was will er wissen? *Was?*

»Haben Sie das Gefühl, dass Sie *jetzt* jemand beobachtet, Miss Symons?«

Beobachten? Wer sollte mich beobachten? Es gibt keinen Entführer, der draußen in einem Busch sitzt und durch die Fenster sieht. Da ist niemand. Wieso will Dante das wissen? Was meint er mit *beobachten* und wieso tut er so, als würden wir uns nicht kennen?

Doch dann rastet etwas in meinem Kopf ein.

Er will wissen, ob der Raum videoüberwacht ist.

Darum ist er noch in seiner Rolle. Dante spielt den FBI-Agenten, weil er nicht weiß, ob uns jemand beobachtet. Er muss sichergehen, dass da niemand ist, der uns zusieht. Er muss so tun, als wäre er nur ein weiterer Beamter, weil uns das alles sonst um die Ohren fliegt. Wenn meine Eltern oder Victor erkennen, dass er nicht der ist, der er zu sein vorgibt, wird das hier ein Blutbad. Daran habe ich keinen Zweifel.

Er riskiert gerade alles, indem er hier ist und mit mir spricht.

Ich deute ein Kopfschütteln an. »Nein«, flüstere ich, und noch bevor ich das Wort ganz ausgesprochen habe, ist er bei mir, nimmt mein Gesicht in seine Hände und küsst mich.

Wie sehr ich das vermisst habe. Wie ich seine Hände auf mir vermisst habe. Das Gefühl seiner Lippen. Wie ich seinen Geschmack nach Wut und Gewalt und Besessenheit vermisst habe. Es ist, als würde ich zum ersten Mal seit

Tagen wieder atmen können, obwohl Dante mir mit seinem Kuss die Luft raubt.

»Verdammt, Winter.« Er löst sich von meinem Mund, legt seine Stirn an meine und presst seine Hände dabei so fest an meine Wangen, dass ich ein Wimmern unterdrücken muss. »Was hast du dir nur dabei gedacht?«

»Du solltest kommen«, antworte ich kaum hörbar. »Du solltest herkommen und mich —«

»Ich bin hier.« Er küsst mich noch mal. Verzweifelt. Wütend. Völlig außer sich. »Ich bin hier, Baby, und ich hole dich raus. Aber bei Gott … Weißt du eigentlich, was du da getan hast?«

Ich schüttle den Kopf. Nicht als Verneinung, sondern weil ich keine Ahnung habe, wieso er so aufgebracht ist. Ich bin doch nur zurückgekommen, damit er mich rausholen kann. Damit ich wieder bei ihm sein kann. Was sollte ich denn auch sonst tun? Er hat mir keine andere Wahl gelassen, als er mich so kaltblütig auf der anderen Seite der Erde zurückgelassen hat.

»Winter … Der Auftraggeber …«, sagt er leise. »Es war dein Vater. *Er* ist derjenige, der mich engagiert hat, und du bist ihm geradewegs in die Arme gelaufen.«

NEUN
DANTE

Winter versteht sofort, was das bedeutet. Sie versteht, dass sie sich in die Höhle des Löwen begeben hat, als sie zu ihren Eltern zurückgegangen ist, weil *sie* diejenigen sind, die ihren Tod wollen.

Es gibt da draußen kein weiteres Monster, das sie jagt. Es gibt nur Victor, ihre Eltern und mich. Drei Monster. Und das sind zwei zu viel, aber mir sind die Hände gebunden. Ich kann nichts tun; zumindest nicht sofort.

»Du musst mir jetzt gut zuhören, ja?« Ich spreche die Worte leise aus, wobei meine Lippen ihre streifen. »Hörst du mir zu, Winter Baby?«

Sie nickt in meinem Griff, und ich lasse meinen Mund noch einmal ihren schmecken, bevor ich mich von ihr entferne und meine Anzugjacke öffne, um in die Innentasche zu greifen. Dann reiche ich ihr einen kleinen Block und den dazugehörigen Kugelschreiber.

»Schreib alles auf, was dir einfällt. Alles, was wichtig

sein könnte. Egal, was«, befehle ich, während Tränen in ihren Augen stehen. Doch zum ersten Mal, seit ich Winter gefunden habe, treiben sie mich nicht in den Wahnsinn. Ihre Tränen können mich nicht mehr in die Knie zwingen, weil ich jetzt weiß, wie es ist, wenn sie nicht mehr da ist.

Ich habe erfahren müssen, was es bedeutet, wenn man das Wichtigste in seinem Leben verliert, und ich werde nie wieder eine ihrer Tränen hassen, weil sie mit das Schönste an ihr sind. Sie zeigen mir, wie echt sie ist. Wie lebendig und wie wunderschön.

Wieso habe ich das nicht früher erkannt? Wieso konnte ich nicht sehen, dass die winzigen Seen in ihren Augen wie Diamanten funkeln und mit den Blitzen in ihren Iriden um die Wette strahlen? Winter sieht so atemberaubend aus, wenn sie weint, und ich hasse mich beinah dafür, dass ich ihr all diese lebendigen und echten Tränen verboten habe.

»Schreib«, sage ich erneut. »Und mal einen Grundriss von diesem Haus auf. Ich muss alles wissen. Wie viele Ausgänge es gibt. Welche Fenster sich öffnen lassen. Wo Wachleute stehen könnten. *Alles*, Winter. Hast du das verstanden?«

Ihre Schultern straffen sich, bevor sie sich die Tränen aus den Augen wischt und nickt. »Okay«, flüstert sie ernst und wird vor meinen Augen von einer Königin zur Kriegerin.

»Ignoriere, was ich sage«, weise ich sie weiter an und zwinge mich dazu, mich wieder auf den Stuhl zu setzen, weil ich mich genauso konzentrieren muss wie sie. Das hier ist zu wichtig, als dass ich etwas riskieren könnte. Ich muss sie hier rausholen, aber das schaffe ich nur, wenn sie mitspielt und ich mich zusammenreiße. Denn ich bin nicht so dumm, zu glauben, ich könnte sie mir einfach über die Schulter werfen und aus diesem Haus tragen. Da draußen sind Bodyguards. Weitere Leibwächter, die Samuel angeheuert hat, um die Welt glauben zu lassen, er würde seine Tochter beschützen. Ich würde rauskommen. Ein paar Kugeln sind nichts, was ich nicht schon mal überlebt habe. Aber Winter … Allein der Gedanke daran, dass Metall ihren Körper durchlöchern könnte, lässt mich meine Hände zu Fäusten ballen und zwingt mich dazu, tief durchzuatmen.

Noch weiß ich nicht, wie ich sie hier rausbekommen soll. Ich hatte keine Zeit, um mir einen Plan zurechtzulegen. Nachdem ich sie auf diesem Bildschirm gesehen habe, war da nur noch ein Gedanke: Ich musste sie sehen. Sofort.

Aber jetzt brauche ich ihre Hilfe. Ich muss alles wissen, was es mir ermöglichen könnte, das hier zu beenden. Ich brauche jede noch so kleine Information, jedes Detail, weil ich nur so entscheiden kann, was ich tun muss. Denn ich werde sie zu mir zurückholen.

Es war töricht von mir, zu glauben, sie wäre da draußen in Sicherheit. Ich war so blind vor Angst und dem Gedanken, sie nicht beschützen zu können, dass ich vergessen habe, dass die größten Monster die sind, die alle anderen austricksen und dann auffressen. So, wie ich es mit Victor und Samuel tun werde.

Wenn Winter irgendwo sicher ist, dann bei mir.

Sie zeichnet und kritzelt und schreibt. Wie im Wahn lässt sie den Stift über das Papier gleiten, und ich bin so stolz auf sie … Ich bin so gottverdammt stolz, weil sie sofort tut, was ich ihr gesagt habe. Weil sie so stark und tapfer ist. Die letzten achtundvierzig Stunden waren nicht leicht für sie – das sehe ich in ihren Augen. Ich bin mir sicher, dass Victor bei ihr war, aber ich erlaube mir nicht, mich in diesem Gedanken zu verlieren. Nicht jetzt. Nicht hier. Seine Zeit wird kommen, sobald Winter in Sicherheit ist. Doch bis es so weit ist, darf ich nicht darüber nachdenken, was er ihr angetan haben könnte und was das mit ihr gemacht hat.

»Sie wurden in der Nacht vom zwanzigsten Juni entführt. Ist das richtig?«, sage ich ernst und betrachte sie dabei.

Wie von mir verlangt, reagiert Winter nicht. Sie schreibt weiter, tut, was ich ihr aufgetragen habe, und macht mich nur noch ehrfürchtiger.

»Konnten Sie den Täter sehen, als er in Ihr Zimmer kam?«

Ihre Augen fliegen für den Bruchteil einer Sekunde zu mir, wobei ein Funkeln in ihnen auftaucht.

»War da etwas, das ihn identifizieren könnte? Ein Geruch oder etwas, das er gesagt hat?«, frage ich weiter. »Konnten Sie seine Stimme hören?«

Winter schnappt kaum merklich nach Luft, und ich weiß, dass sie wie ich gerade in dieser Nacht ist, obwohl wir doch unbedingt im Hier und Jetzt bleiben müssen.

»Nichts. Ich verstehe.«

Und so rede ich weiter – stelle Fragen und warte dazwischen ab, damit wer auch immer draußen stehen könnte, denkt, ich würde sie die Antwort aufschreiben lassen. Winter füllt unterdessen Seite um Seite, bis sie plötzlich aufsieht und ihre wolkenblauen Augen sich in meine bohren.

»Die Wahl«, flüstert sie. »In einer Woche wird verkündet, wer gewonnen hat. Sie werden mich mitnehmen. Sie *müssen* mich mitnehmen, weil sie sonst auffliegen, oder nicht?«

Ich drehe ihre Worte, überlege, ob es stimmen könnte, was sie vermutet, und nicke dann. »Schreib alles dazu auf. Die Anzahl der Leibwächter. Die Marke des Wagens. Welche Strecke ihr nehmen werdet.«

Winter nickt und beugt sich augenblicklich wieder über den Notizblock.

Die Idee ist wahnwitzig und verflucht gefährlich, aber es könnte die einzige Chance sein, die wir bekommen. Und die letzte.

Ihre Eltern brauchen sie noch. Sie müssen ihre Tochter noch ein Mal vorführen, denn ihr Vater liegt mit den Stimmen klar vorn. Er wird die Wahl gewinnen und muss bei der Verkündung den Arm um Winter legen. Muss allen sagen, wie glücklich und dankbar er ist, weil sich alles zum Guten gewendet hat. Er wird so tun, als sei der Wahlsieg unwichtig für ihn, da er seine geliebte Tochter wiederhat und das alles sei, was zählt.

Bis zur Verkündung des Wahlergebnisses muss er sie am Leben lassen. Danach wird er tun, was weder sie noch ich geschafft haben. Er wird sie töten.

Winter nimmt den Stift vom Papier. »Mehr fällt mir nicht ein«, flüstert sie und sieht zu mir auf.

Ich erhebe mich und gehe zu ihr. »Das ist okay, Baby«, versichere ich ihr leise und streiche über ihre Wange, bevor sie mir den Block zurückgibt.

Ich nehme kaum wahr, dass sie nicht abdriftet. Etwas sagt mir, dass sie vielleicht nie wieder in den Erinnerungen versinken wird, aber ich beachte es nicht weiter.

»Es wird reichen«, erkläre ich und lege meine Lippen an ihre Stirn. »Ich werde kommen und dich holen.«

In einer Woche.

Sieben Tage, die sie mit diesen Monstern allein sein wird. Sieben Tage, in denen sie Victors Gier und dem Hass ihrer Eltern ausgesetzt ist. Sieben verfluchte Tage, in denen ich nichts tun kann, um sie zu beschützen, weil ich dieses Haus nicht in die Luft sprengen kann, ohne sie dabei zu verletzen. Ich kann die Wände nicht einreißen und jeden außer ihr töten. Ich kann nichts tun, weil hier zu viele Augen sind. Es sind zu viele Monster in diesem Haus, und ich muss sie bei ihnen lassen, weil wir sonst beide draufgehen könnten. Und eine Welt ohne Winter ist etwas, das ich mir nicht mal auszumalen wage. Es wäre die Hölle auf Erden. Schlimmer als das. Es wäre alles, wovor ich mich je gefürchtet habe, also darf ich verdammt noch mal nicht daran denken und muss stattdessen jeden Schritt präzise planen, um sie in einer Woche zu holen.

»Ich schaffe das«, murmelt sie, weil ich meine Stirn schwer atmend an ihre drücke und sie zu spüren scheint, welchen Horror ich gerade in meinem Kopf durchlebe. Welche Angst ich um sie habe und dass das schlechte Gewissen mich auffrisst, weil meine Entscheidungen dazu geführt haben, dass wir uns jetzt in dieser Situation befinden.

»Ich kann es aushalten. Es wird … schon nicht so schlimm.«

Der Unterton in ihrer Stimme lässt mich gequält aufstöhnen. Er verrät, dass es bereits schlimm ist. Dass sie bereits in den zwei Tagen gelitten hat.

Fuck. Wie soll ich sie nur eine ganze Woche hier lassen können?

»Dante.«

Ich zwinge meine Augen dazu, sich zu öffnen und Winter anzusehen, als ich mich von ihr entferne.

Verdammt ... Sie ist so stark. Sie ist stärker als wir alle. Mit erhobenem Kinn sieht sie mich an und will mir weismachen, dass sie ertragen kann, was ihr angetan wird. Sie versucht, mich zu beruhigen, weil sie genau weiß, dass ich es kaum aushalte, ohne sie zu gehen. Das Blitzen, das dabei in ihren Augen aufflackert, ist ein Versprechen an mich. Das Versprechen, durchzustehen, was auch immer kommt, und auf mich zu warten.

»Ich liebe dich«, haucht sie und löscht damit mein gesamtes Sein aus. »Und ich werde warten, bis du mich holst. Ich werde auf dich warten und dann wird alles gut, ja?«

Ich schlucke schwer, bevor ich nicke. »Ja, Baby.«

Sie kann meine Tränen jetzt nicht gebrauchen. Ich muss genauso für sie stark sein, wie sie es für mich ist, darum streiche ich ein letztes Mal mit dem Daumen über ihre Unterlippe und nicke. Ich bringe kein Wort heraus, aber das muss ich auch nicht. Sie weiß, dass ich alles tun werde, um sie zu retten. Ich werde die Welt aufreißen und ihr Innerstes nach außen kehren, wenn ich muss – aber Winter wird wieder bei mir sein, und daran wird nichts und niemand etwas ändern.

»In Ordnung, Miss Symons«, sage ich ernst und erhebe mich. »Ich denke, das war dann alles. Melden Sie sich, falls Ihnen noch etwas einfallen sollte.«

Ihr Blick folgt mir, als ich rückwärts zur Tür gehe, um

die letzten Sekunden auszukosten, in denen ich sie noch betrachten kann.

»Sie waren sehr tapfer, Miss Symons.« Mit diesen Worten drehe ich mich endgültig um und öffne die Tür, um das Zimmer zu verlassen.

Wie erwartet lehnt Victor mit dem Rücken an der gegenüberliegenden Wand des Flurs und mustert mich.

»Und?«, will er wissen. »Irgendwelche neuen Eingebungen?«

Seine Stimme verätzt mir die Gedanken. Er ist so widerwärtig … So erbärmlich und armselig und widerwärtig, und ich bin kurz davor, ihm hier und jetzt das Hirn wegzupusten für das, was er getan hat, doch ich bleibe ruhig und schüttle bedauernd den Kopf.

»Leider nicht.« Dabei schiebe ich den Block mit Winters Notizen in die Innentasche meines Anzugs.

Victors Augen folgen der Bewegung mit Argwohn, bevor er sich von der Wand abstößt. »Sie verstehen sicher, dass wir gerade sehr … vorsichtig sind, wenn es um Miss Symons geht, Agent Gardner.«

Ich erwidere seinen Blick ausdruckslos und warte ab, worauf er hinauswill.

»Hätten Sie etwas dagegen, wenn ich mir diese Notizen ansehe?«

Ich unterdrücke ein Schmunzeln und schüttle den Kopf, bevor ich wieder in die Innentasche greife. »Selbstverständlich nicht«, erwidere ich und reiche ihm den kleinen Notizblock, wobei er mich nicht aus den Augen lässt. »Leider hat sie nicht sehr viel … gesagt. Armes Ding …«

Victor hebt das Deckblatt an und schlägt es um. Er

überfliegt, was auf den Blättern steht, während ich geduldig warte.

Dachtest du wirklich, ich wäre so dumm, Arschloch? Ich lache innerlich auf. *Hast du tatsächlich geglaubt, ich würde dir zeigen, was wir da drin besprochen haben? Dass ich dich nicht durchschaue? Dachtest du, ich merke nicht, dass du nur so tust, als würdest du deinen Job machen, obwohl du in Wahrheit eine Scheißangst davor hast, dass sie reden könnte? Dass sie endlich jemandem sagen könnte, was du getan hast?*

Der Block, den er in den Händen hält, ist nutzlos. Ich habe Amanda ein paar wirre Antworten darauf kritzeln lassen und eigene Notizen hinzugefügt, aber sie werden ihm nicht verraten, was er wissen will.

Winters Worte stehen auf dem Notizblock, der noch immer in meiner Innentasche ist. In der *zweiten* Innentasche. Weil ich genau wusste, dass diese Monster hier beinah so gerissen sind wie ich. Aber eben nur beinah.

Du kannst sie misshandeln und dich an ihr vergehen, so oft du willst, grolle ich in Gedanken. *Aber du wirst sie nicht bekommen. Niemals. Weil sie stärker ist als wir alle zusammen und du sie nicht brechen kannst. Sie wird es kein zweites Mal zulassen. Und sobald das hier vorbei ist, gehörst du mir.*

»Nun, Agent Gardner …«

Victor ist sichtlich angepisst. Er mag ein kranker Wichser sein, aber er riecht förmlich, dass ich nicht der bin, für den ich mich ausgebe. Er weiß, dass irgendwas an mir bis zum Himmel stinkt, aber er kann nicht riskieren, mich aufgrund einer Ahnung damit zu konfrontieren, weil er sich nicht sicher ist. Er kann nicht gänzlich ausschließen, dass ein FBI-Agent vor ihm steht, und das fuchst ihn.

»Es war ziemlich still da drin«, merkt er an und gibt mir den Block zurück.

»Wie Sie bereits sagten: Sie spricht nicht.«

Er verzieht das Gesicht zu einem Grinsen, das an meinen Nerven zerrt, bevor er mich von Kopf bis Fuß mustert. »Ich wusste gar nicht, dass das FBI seit Neustem Messer zur Dienstausstattung zählt.« Dabei bleibt sein Blick an dem BlackField Militärmesser hängen, das an meinem Gürtel befestigt ist.

Präg es dir gut ein, Victor. Denn es wird das Letzte sein, was du siehst, bevor ich deine Lichter auspuste.

Nun bin ich derjenige, der grinst, wobei ich ein Schulterzucken andeute. »Ein Geschenk von meiner Frau«, erwidere ich. »Sie besteht darauf, dass ich es immer dabeihabe. Sie wissen ja sicher, wie das in der Ehe ist.«

Sein Blick zuckt für eine Millisekunde zu meiner linken Hand und dem Ring, den ich dort trage, bevor er ein Kopfschütteln andeutet. »Unverheiratet«, sagt er in betont lockerem Ton. »Und sehr glücklich damit.«

Ja, natürlich. Weil du lieber meine Königin fickst, anstatt dir jemanden zu suchen, der deinen Schwanz freiwillig anfasst. Weil du dich an einem Kind *vergangen und es dir so zurechtgebogen hast, wie es dir passt.*

Mein Zorn droht, überzukochen. Ich muss hier raus, bevor ich etwas tue, das ich bereuen und Winter in Gefahr bringen könnte, also werfe ich einen Blick auf meine Armbanduhr. »Wenn Sie mich dann entschuldigen.«

Ich knöpfe meine Anzugjacke zu und warte darauf, dass er mich entlässt. Victor unternimmt einen letzten Versuch, meine Maske zu durchschauen, aber er wird nichts finden. Er blickt in das Gesicht eines Killers – *seines*

Killers –, aber alles, was er sehen kann, ist ein Mann, der sich von seiner Frau herumkommandieren lässt und hier nur seinen Job macht.

»Sie finden allein raus?«, will er wissen und verrät mir damit, dass er zu Winter gehen wird, sobald ich dieses Haus verlasse.

Er wird die Lippen küssen, die soeben noch meine berührt haben, und seine Hände an den Körper legen, den ich anbete.

Ein Griff und er wäre tot, schnurrt das Monster in mir, doch ich ignoriere es. Stattdessen neige ich den Kopf. »Selbstverständlich.« Dann wende ich mich ab.

Das Geräusch von Winters Zimmertür, die geschlossen wird, ist das Letzte, was ich höre, bevor ich nach draußen trete.

Ich kann es aushalten, Dante.

Ja, Baby. Das kannst du. Aber ich weiß nicht, ob ich es aushalte.

ZEHN
WINTER

Ich wünschte, es würde mich überraschen. Dass es mich schockieren würde, wer Dante den Auftrag gegeben hat, mich zu töten. Aber das tut es nicht.

Vermutlich hat ein kleiner Teil von mir von Anfang an gewusst, dass es so sein könnte. Dass der Hass meiner Eltern zu allumfassend ist, um mich am Leben zu lassen. Dass ich ein zu großes Ärgernis und vor allem ein Risiko bin.

Und was würde einem Mann mehr Stimmen einbringen als ein totes Kind? Wer würde nicht den Kandidaten wählen, der für sein Volk einsteht, obwohl seine Tochter ermordet wurde?

Hier und da hätten meine Eltern ein paar Tränen verdrückt. Vielleicht hätte mein Vater bei einem seiner Auftritte sogar einen Zusammenbruch vorgetäuscht. Doch dann hätte er sich zusammengerissen und etwas gesagt wie: »Meine Tochter hätte nicht gewollt, dass ich aufgebe. Das ist für sie. Möge Gott sie segnen.«

Oh, wie das Volk ihn geliebt hätte!

Mein Tod wäre der perfekte Wahlkampf gewesen. Dass meine Rückkehr eine ähnliche Wirkung zu haben scheint, ist das Einzige, was mich noch am Leben hält. Spätestens wenn mein Vater Senator ist und ein paar Monate vergangen sind, werde ich sterben müssen. Ich hätte zu sehr unter dem Trauma gelitten und mich umgebracht, wird es vermutlich heißen. Dass meine sensible Seele diese Qualen nicht mehr ertragen hat und nicht einmal die Ärzte mir noch helfen konnten.

Ja. Genau so wird es ablaufen, wenn Dante es nicht schafft, mich hier rauszuholen.

Ich erlaube mir nicht, darüber nachzudenken. Stattdessen sage ich mir immer wieder die Worte auf, die ich zu Dante gesagt habe, bevor er gegangen ist. Dass ich es schaffe. Dass ich es ertragen kann und es schon nicht so schlimm wird.

Dabei war es eine Lüge.

Es *ist* schlimm. Es ist schlimmer als zuvor, und ich glaube, es liegt daran, dass Victor etwas gemerkt hat.

»Du stinkst nach ihm«, sagt er mit Abscheu in der Stimme. »Was habt ihr hier drin getrieben, hm?«

Dinge, die du nie verstehen könntest, weil dein Herz und deine Seele so verrottet und hässlich sind, dass sie nicht wissen, wie es sein kann, wenn man liebt.

»Hast du dich von ihm betatschen lassen? Die Beine für ihn breit gemacht? Seinen Schwanz gelutscht?« Dabei scheint er gar nicht zu merken, dass er selbst gerade derjenige ist, der meine Schenkel teilt, um mich durch die Hose hindurch zu berühren. Es soll wie eine liebevolle, zärtliche Geste wirken, aber sie ist schlimmer als jeder Schlag es sein könnte.

Es hat keinen Sinn, den Kopf zu schütteln oder ihn anderweitig von diesen Gedanken abbringen zu wollen. Er hat etwas gemerkt. Er riecht Dantes Aftershave an mir oder schmeckt dessen Verzweiflung auf meinen Lippen. Wir waren unvorsichtig, und dafür muss ich jetzt büßen. Doch das war es wert. Ich konnte die Wärme von Dantes Mund an meinem spüren, und das wird Victor mir nicht nehmen, ganz egal, wie zärtlich und liebevoll er ist.

Das heißt jedoch nicht, dass es leichter zu ertragen ist.

Victors Wut lässt ihn zu einem noch grausameren Monster werden, das mich in dieser neuen Hölle quält. Bisher hat es ihm nie etwas ausgemacht, wenn mich andere berührt haben. Er selbst hat sie zu mir gebracht und manchmal sogar zugesehen, während er seinen Schwanz in der Hand hielt und sich gierig über die Lippen leckte.

Doch Dante scheint ihm unter die Haut gegangen zu sein.

Entweder hat er gemerkt, dass zwischen uns etwas ist, das nicht aus Zwang, Macht und Gier besteht, oder es ist schlicht die Tatsache, dass er nicht darüber entschieden hat. Dass Dante mich angefasst hat, ohne dass Victor seine Erlaubnis dafür gegeben hat, weil er in seinem kranken Kopf denkt, ich wäre sein Eigentum.

Sei tapfer, Baby.

Ich versuche es. Mit aller Macht versuche ich, ruhig zu atmen und mich nicht zu verkrampfen, als Victor seine Finger in mich drängt. Er macht es quälend langsam und keucht dabei in mein Ohr, wobei sein Atem nach Lakritzpastillen und Zigaretten riecht. Er stinkt, aber das kann ich ausblenden.

Seine Finger hingegen nicht.

Ich kenne sie in- und auswendig; weiß genau, wie sie sich in mir anfühlen und dass ich drei von ihnen ertrage, vier mich jedoch an meine Grenzen bringen und alle fünf Tränen fließen lassen.

Jetzt sind es drei.

Langsam bewegt er sie in mir, doch weil das bisschen Speichel, mit dem er sie benetzt hat, nicht ausreicht, ist jeder Millimeter pure Folter. Es fühlt sich schon jetzt so an, als wären es mehr, und ich weiß nicht, wie lange ich das durchhalten kann.

Ich will nicht brechen. Will mich nicht von ihm kaputtmachen lassen, doch es ist so schwer …

Früher war es das nicht. Vor Dante war es einfacher, weil ich innerlich so tot war, dass ich es einfach habe passieren lassen. Aber jetzt …

Jetzt befürchte ich, dass ich es nicht überstehe, weil es zu viel ist. Drei Finger sind zu viel, und zugleich weiß ich, dass es Victor nicht reichen wird.

Du kannst es überstehen, Winter Baby. Wage es nicht, aufzugeben, hast du verstanden? Atme. Kämpfe dagegen an. Sei tapfer und stark und mutig, aber wage es nicht, aufzugeben!

Nur noch sieben Tage. Ich schaffe das. Ich kann sieben Tage in dieser Hölle ertragen. Dantes Rüstung wird halten. Die Rüstung, die aus seiner Stimme besteht, wird nicht nachgeben. Sie wird mich schützen und überleben lassen, bis mein Monster kommt und mich rettet.

Victor weiß es. Mein Vater weiß es. Beide wissen, dass mit diesem FBI-Agenten etwas nicht stimmte, und sie haben mich dafür bezahlen lassen.

Als mein Vater das erste Mal dazukam, war ich zwölf. Ich erinnere mich noch genau daran, wie er Victor gelobt hat. Da war kein Hass; keine Wut auf den Leibwächter, der mich beschützen sollte und stattdessen zu meinem ärgsten Feind wurde. Nein. Mein Vater war *stolz*.

Du hast sie perfekt abgerichtet, Victor. Sie hört besser als jeder Hund.

Seine Worte klingen mir noch heute in den Ohren. Ebenso wie seine Erklärung, dass sie mich sterilisieren müssten.

Dante habe ich glauben lassen, es wäre Victor gewesen, weil ich seinen Zorn nicht noch mehr schüren wollte. Aber die Idee für den Eingriff kam von Samuel Symons. Mein Vater bezahlte einen Arzt dafür, dass mir vor sechs Jahren alles entfernt wurde, was dazu hätte führen können, dass ihren Taten ein Kind entspringt.

Ich habe nie meine Periode bekommen. Ich weiß nicht, wie es ist, Unterleibskrämpfe oder Hormonschwankungen zu haben. Niemand musste mir erklären, wie man Hygieneartikel für Frauen benutzt, und ich weiß auch nicht, wie es sich anfühlt, wenn der Körper die verschiedenen Phasen des Zyklus' durchläuft.

Sechs Tage haben sie mir damals gegeben, um mich zu erholen, bevor ich wieder benutzt wurde. Mein Vater war mit seiner Entscheidung überaus zufrieden. Zu wissen, dass er kein Inzestkind zeugen konnte, war für ihn mit einem Freispruch gleichzusetzen. Vorher schwamm immer etwas Ekel in seinen Augen, wenn er bei mir war, aber danach … Danach war ich wie Freiwild.

Ich habe keine Ahnung, ob meine Mutter davon weiß. Dass Victor immer wieder zu mir ins Bett stieg, ist ihr bewusst. Aber ob sie auch von den Taten ihres Mannes weiß, vermag ich nicht zu sagen. Allerdings vermute ich, dass es ihr egal ist. Alles, was sie interessiert, ist ihre schillernde Karriere als Schauspielerin.

So unterschiedlich die Gründe der beiden Männer auch sind – ihre gewaltsame Zärtlichkeit verbindet sie. Doch was bei Victor schon schwer zu ertragen ist, driftet in Unaussprechliches ab, wenn es von meinem Vater kommt.

Nichts ist schlimmer, als von dem Mann, der einen lieben, beschützen und sein Leben für einen geben sollte, gehasst und zugleich so von ihm berührt zu werden, als würde man ihm etwas bedeuten.

Die leisen Worte. Das Lob, wenn ich etwas besonders gut gemacht habe. Das sanfte Streicheln. All das hätte niemals in Verbindung mit Sex geschehen sollen. Es hat Dinge mit meiner Seele gemacht, die vermutlich nicht einmal Dante ausradieren kann. Doch als mein Vater dieses Mal genau das tut – mich leise lobt und zärtlich streichelt –, erinnere ich mich an all die Male, in denen ich es bereits ertragen habe. Ich erinnere mich daran, dass ich es schon so oft geschafft habe, es zu überstehen, und mir wird klar: Ich werde es auch ein weiteres Mal können. Dieses eine Mal mehr oder weniger wird nichts ändern. Es wird mich nicht noch mehr zerstören können und auch nicht schwächer machen.

Im Gegenteil.

Mit jedem Wort, jedem Lob und jedem Streicheln beweist mein Vater, dass ich stärker bin als er. *Er* ist der Schwächling. *Er* ist derjenige, der seine Macht ausnutzen muss, um seine Gelüste zu befriedigen. *Er* ist derjenige, der auf ewig mit der Angst leben muss, dass ich irgendwann rede, und das macht ihn zum schwächsten Glied in dieser Kette.

Victor ist nur ein Verbrecher. Ein Monster, das sich an einem Mädchen vergriffen hat. Aber Samuel Symons ist das, was manche den Teufel nennen. Er ist der widerwärtigste Abschaum. Er ist schlimmer als alle Monster auf diesem Planeten, weil er sich an dem einen Menschen vergeht, den er niemals anrühren sollte: seiner Tochter.

Selbst am sechsten Tag weiß ich nicht, ob ich Dante jemals davon erzählen werde. Ob ich ihm sage, dass Victor nicht der Einzige war. Dass die beiden an zwei von sechs Tagen zusammen bei mir waren, um mich zu benutzen und ihre Wut an mir auszulassen. Dass sie gemeinsam die Fäden aus meinem Arm gepult haben, um mein Blut auf den dreckigen Betonboden tropfen zu lassen. Denn einer Sache bin ich mir sicher: Dante wird sich nicht mehr zurückhalten lassen, sobald er die ganze Wahrheit erfährt. Es wird etwas in ihm entfesseln, das ich mir vermutlich in meinen schlimmsten Albträumen nicht ausmalen könnte, und ich weiß nicht, ob ich das möchte. Ich weiß nicht, ob ich dafür verantwortlich sein will, dass er ein weiteres Leben beendet.

Obwohl Dante es nie ausgesprochen hat und es sich womöglich nicht mal selbst eingesteht, müssen all die Morde dennoch auf seiner Seele liegen und ihn erdrücken.

Es kann nicht spurlos an jemandem vorbeigehen, der so gut ist wie er. Ich kaufe ihm nicht ab, dass er wirklich so kaltblütig ist.

Vielleicht täusche ich mich aber auch. Vielleicht ist mein Urteilsvermögen von all dem Leid, das mir zugefügt wurde, nicht mehr verlässlich. Vielleicht bin ich wirklich verrückt und sollte nicht versuchen, darüber zu urteilen, ob ein Monster gern eines ist oder nicht.

Letztendlich ist es nicht wichtig. Alles, was zählt, ist der morgige Tag. Morgen wird er kommen. Dante wird kommen und mich holen. Er *muss*. Denn wenn er es nicht tut, bin ich vielleicht schon in vierundzwanzig Stunden tot, weil der Hass meines Vaters minütlich wächst, und nicht einmal Dante wird mich dann noch retten können.

ELF
WINTER

Er taucht nicht auf.

Die Verkündung des Wahlergebnisses verlief ohne meine Rettung. Mein Vater hat gewonnen, was abzusehen war. Aber dass Dante nicht kam …

Ich habe wirklich geglaubt, er würde es tun. Dass er kommen und mich holen würde, wie er es versprochen hat. Aber er kam und kam einfach nicht.

Meine Zeit läuft ab, und ich weiß nicht, was schlimmer ist: dass Dante sein Versprechen gebrochen hat oder die Gewissheit darüber, dass das hier meine letzten Stunden sein könnten.

Es tut weh. Es tut so unglaublich weh, dass er mich im Stich gelassen zu haben scheint, aber egal, wie ich es drehe und wende, mir fällt keine Erklärung dafür ein, dass er nicht aufgetaucht ist.

Natürlich würde es schwer werden. Die Tochter des neuen Senators zu stehlen, ist nichts, was man mal eben nebenbei macht. Überall wimmelt es von Kameras, Sicherheitsleuten und jubelnden Bürgern. Alles ist voller Menschen, und Victor bewacht mich wie ein Bluthund. Aber ich habe wirklich geglaubt, Dante würde es schaffen. Wenn es einer schaffen würde, dann er.

Doch ich bin noch hier.

Immer wieder suche ich die Menge mit den Augen nach ihm ab. Suche nach seinem makellosen Anzug. Nach den dunklen, nach hinten gelegten Haaren und den beinah schwarzen Augen. Ich suche nach seinem Blick, der meinen immer gefesselt hat, aber da ist nichts. Er ist nicht hier.

Wo bist du, Dante? Ich werde sterben, wenn du nicht kommst. Also bitte ... Tauch endlich auf und hol mich hier raus!

In meinem Inneren schreie ich die Worte. Ich brülle und weine und tobe, aber nach außen hin bin ich ganz ruhig. Ich sitze am Tisch meiner Eltern und blicke mit gesenktem Kopf auf den Teller vor mir.

Seit der Verkündung des Ergebnisses sind Stunden vergangen. Wir befinden uns in einem unerhört teuren Hotel, in dessen Festsaal der Sieg meines Vaters gefeiert wird. Ständig kommen Leute, um ihm zu gratulieren. Reporter schmuggeln sich rein, um ein Foto zu schießen, bevor sie von Victors Kollegen rausgeworfen werden. Servicekräfte eilen umher und verteilen Champagner und Häppchen. Aber Dante ist nirgendwo zu sehen.

Er wird nicht mehr kommen. Es ist vorbei. Wie sehr ich auch darauf gehofft habe, er würde es schaffen – er kommt nicht. Es war alles umsonst. *Alles.* Meine Erinnerungen. Die Rückkehr in die Staaten und zu meinen Eltern. Die Demütigungen von Victor und meinem Vater. Jeder einzelne der letzten sieben Tage war umsonst. Dass ich tapfer geblieben bin und geatmet habe. Selbst Dantes Rüstung und mein Mut waren umsonst, weil ich heute Nacht sterben könnte.

Ich kann nichts dagegen tun, dass ich mir ausmale, wie sie es wohl tun. Wird Victor mich in einen abgelegenen Wald bringen und einfach erschießen? Werden er und mein Vater ein letztes Mal mit mir in den Keller gehen, um mir die Kehle durchzuschneiden, während sie so tun, als würden sie mich lieben? Wird meine Mutter mir Gift ins Getränk mischen? Oder haben sie womöglich einen weiteren Killer engagiert, weil der erste den Auftrag nicht ausgeführt hat und sie sich die Finger nicht schmutzig machen wollen?

»Wir fahren.« Victors Stimme wird von seiner Hand begleitet, die sich auf meine Schulter legt. Für jeden, der hersieht, mag es wie eine fürsorgliche Geste wirken, doch seine Finger brennen sich regelrecht durch den Stoff meines Oberteils, weil ich ihn so verabscheue. Dass er dabei sanft den Daumen kreisen lässt, macht es nur noch schlimmer und führt dazu, dass ich mich beinah übergebe.

»Komm, November. Es ist vorbei.«

Ein Teil von mir weiß, dass er die Feier meint. Der andere ist sich sicher, dass er von meinem Leben spricht, und das macht es nicht leichter, aufzustehen und hinter meinen Eltern den Ballsaal zu verlassen.

Draußen empfängt uns Blitzlichtgewitter. Meine Eltern sind die strahlenden Sternchen des Abends. Jeder will ein Foto von oder mit ihnen, und da die beiden genau wissen, wie wichtig diese Publicity ist, bleiben sie immer wieder stehen und geben dem Volk und den Reportern, was sie wollen.

Die Menschenmassen sind beinah beängstigend, und so muss Victor sich kurzzeitig mehr auf meine Eltern konzentrieren. Da es für mich dennoch kein Entkommen gibt, gehe ich mit einigen Schritten Abstand hinter ihnen her, wohlwissend, dass dies womöglich meine letzten Schritte sind.

Der Lärm ist unerträglich. Alle schreien. Überall versuchen Menschen, durch die Absperrungen zu gelangen, um ganz dicht an den Hollywoodstar und den neuen Senator heranzukommen. Hier und da schafft es jemand, und meine Eltern mimen die Verständnisvollen, lachen und erlauben den Glücklichen, sich ein Autogramm abzuholen und ein Foto zu schießen. *Liebe das Volk, dann wird es dich auch lieben*, scheint ihre Devise zu sein.

Hin und wieder höre ich auch meinen Namen, aber ich beachte die Rufe nicht. Es sind ja doch nur Reporter, die ein exklusives Foto meines Gesichts wollen, also halte ich den Blick gesenkt und gehe weiter.

Plötzlich springt eine Frau regelrecht in mich hinein. Sie trägt eine Wollmütze, was ich angesichts der Tatsache, dass es Anfang Juli ist, mehr als seltsam finde. Victor will sie packen und wegzerren, doch mein Vater hält ihn davon ab, da ich schließlich noch immer America's Princess bin und es ein schlechtes Bild auf ihn wirft, wenn sein Bodyguard eine Frau herumschubsen würde.

Die Frau redet auf mich ein, während ich versuche, mich kleinzumachen, und wieder auf den Boden sehe. Dabei hält sie mir ein Stück Papier und einen Stift vor die Nase. »… hast mir so dabei geholfen, wieder Hoffnung zu haben. Mein Sohn ist verschwunden, als er nach seiner Katze Blanket suchen wollte … Aber dass du wieder da bist …«

Blanket?

Ich hebe den Blick.

Mir stockt der Atem, und das ist vermutlich auch gut so, weil ich sonst die Aufmerksamkeit aller auf mich gezogen hätte.

»… nur eine Umarmung. Bitte!« Amanda sieht mich mit tränennassen Augen an. Sie spielt ihre Rolle perfekt: eine Mutter, die ihren Sohn vermisst, in meinem vermeintlichen Entführungsfall jedoch wieder Hoffnung schöpft.

Amanda ist hier. Und wenn sie hier ist …

Dante hat mich nicht im Stich gelassen.

Ich sehe zu Victor, der wieder bei meinen Eltern steht, und entscheide, dass ich es riskieren kann. Also nicke ich unsicher, bleibe aber steif stehen, als Amanda mit einem Schluchzen die Arme um mich legt, während sie Tränen vergießt, die ihr Schauspiel untermauern.

»Danke! Ich danke dir so sehr«, sagt sie gut hörbar und mit verzerrter Stimme, bevor sie etwas anfügt, das ganz klar und so leise ist, dass nur ich es hören kann.

»Bei der Unfallstelle. Schnall dich an. Kopf zwischen die Knie, wenn es passiert.«

Sie sagt es so schnell, dass ich es fast nicht verstehe. Dann lässt sie mich los und gibt einen weiteren Schluchzer von sich. Ihre Hände zittern sichtbar, als sie mir das Papier mitsamt dem Stift hinhält. »Nur ein Autogramm«, wimmert sie. »Bitte.«

Mit steifen Fingern nehme ich den Stift und kritzle irgendwas auf das Blatt. Ich weiß nicht mal, ob es wirklich meine Unterschrift ist, weil ich mir ihre Worte immer wieder im Kopf vorsage. Zugleich wird mir klar, dass das die einzige Möglichkeit ist. Dante kann mich nicht aus einem Raum voller Menschen und auf uns gerichteter Augen retten. Es wäre zu gefährlich. Auch die Hinfahrt hätte zu viel Aufmerksamkeit erregt.

Aber jetzt … Jetzt ist es perfekt.

Es ist spät in der Nacht. Draußen ist es stockdunkel und der Verkehr hat längst nachgelassen. Wenn Dante den Wagen stoppt, ist es höchst unwahrscheinlich, dass jemand vorbeifährt und mitbekommt, dass die Tochter des Senators *schon wieder* entführt wird.

Victor packt mich gespielt behutsam am Arm und führt mich zu dem SUV, der für uns vorgefahren wurde. Mein Vater sitzt auf dem Beifahrersitz, meine Mutter hinten links. Ich nehme neben ihr Platz und lege sofort den Sicherheitsgurt an. Ein Blick auf meine Eltern zeigt mir, dass sie sich nicht angeschnallt haben. Sie halten sich für unbesiegbar, aber ich befürchte, dass sie in den nächsten Minuten vom Gegenteil überzeugt werden.

Victor steigt auf der Fahrerseite ein und startet den Motor. Mein Herz rast wie verrückt, und ich überlege fieberhaft, was Dante vorhat, doch wenn ich mich anschnallen und meinen Kopf zwischen die Knie nehmen soll, wird es hässlich. Es kann sogar sein, dass es ziemlich schmerzhaft wird, aber ich vertraue ihm. Ich vertraue darauf, dass Dante genau weiß, was er tut. Er würde nicht riskieren, dass mir etwas zustößt, darum hat er auch Amanda zu mir geschickt, damit sie mich warnt.

Die Fahrt scheint endlos zu sein, dabei sind wir gerade mal seit einer Viertelstunde unterwegs. Ununterbrochen sehe ich unauffällig nach vorn und suche die Dunkelheit nach der Unfallstelle ab, von der Amanda gesprochen hat, aber da ist nur Schwärze.

Kopf zwischen die Knie.
Kopf zwischen die Knie.
Kopf zwischen die Knie.

Ich sage es mir immer wieder; verinnerliche, was ich zu tun habe, weil ich meinen Körper dazu bringen muss, sofort zu reagieren, sobald es passiert. Und dann sehe ich es endlich: Etwa eine Viertelmeile entfernt reflektieren die Katzenaugen in den Rückleuchten eines Autos das Licht unserer Scheinwerfer, während die Warnblinker die Umgebung immer wieder in orangenes Licht tauchen.

Victor drosselt die Geschwindigkeit nur leicht. Das andere Fahrzeug steht so, dass er daran vorbeifahren kann, und je näher wir ihm kommen, desto mehr spanne ich mich an, bis ein ohrenbetäubender Knall die Luft zerschneidet.

Dann dreht sich die Welt.

Mein Körper reagiert augenblicklich. Metall zerreißt. Glas splittert und regnet auf mich hinab. Meine Mutter schreit. Funken sprühen und leuchten dabei so hell, dass ich sie sogar durch meine geschlossenen Lider hindurch strahlen sehe. Der Geruch von Treibstoff liegt in der Luft, und der Motor dreht röhrend hoch, während wir über den Asphalt schlittern und ich mir nicht erlaube, herauszufinden, wo oben und unten ist. Der Wagen wird langsamer und schwankt, bevor ein letzter Ruck durch ihn geht und er mit einem lauten Krachen wieder auf den Rädern landet.

Und dann ... Stille.

Ich kauere wie ein kleines Bündel auf dem Sitz. Meine Schulter tut weh, und ich glaube, dass der Sicherheitsgurt mir leicht in die Haut geschnitten hat, aber ansonsten scheint mir nichts passiert zu sein.

Vorsichtig löse ich mich aus meiner Haltung, richte mich auf und schaue nach links. Ich weiß nicht, ob es irgendein Urinstinkt oder Zufall ist, dass meine Mutter die Erste ist, nach der ich mich umsehe, aber als ich ihren bewusstlosen Körper entdecke, regt sich nichts in mir.

Ein Blick nach vorn zeigt, dass mein Vater sich stöhnend bewegt. Auch Victor scheint noch wach zu sein, doch bevor er reagieren kann, erscheint ein Schatten neben ihm. Etwas wird gegen seine Schläfe geschlagen, woraufhin er augenblicklich in sich zusammensackt. Ein Arm greift ins Innere und nach seiner Waffe, um sie ihm abzunehmen.

Es geht so schnell, dass mein Vater es gar nicht realisiert. Nur wenige Sekunden später wird meine Tür aufgerissen. Ein Messer blitzt im fahlen Blinklicht des anderen Autos auf und zerschneidet meinen Gurt. Dann packen mich starke Arme und heben mich schnell, aber vorsichtig aus dem Wagen.

»Bist du okay?«

Dantes Stimme ist ruhig, doch ich kann an seinem Griff spüren, wie angespannt er ist. Ich nicke und will antworten, aber er legt sofort seinen Finger auf meine Lippen.

Das Stöhnen meines Vaters erklingt erneut und erregt unsere Aufmerksamkeit. Dante schiebt mich hinter sich und greift nach seiner Waffe. Er geht zur Beifahrertür und drückt die Mündung der Pistole gegen die Schläfe meines Vaters, der aus einer Platzwunde an seiner Stirn blutet. Ich kann sehen, dass er den Kopf drehen will, doch Dante hält die Waffe so fest dagegen, dass er ihn nicht bewegen kann.

»Ich werde sie mitnehmen«, sagt er seelenruhig. »Du wirst nicht nach ihr suchen. Du wirst mich nie wieder kontaktieren. Und vor allem wirst du schweigen. Denn falls du es nicht tust, wird deine Tochter reden. Und wir wissen beide, dass sie eine Menge zu erzählen hat, nicht wahr, Samuel?«

Mein Vater gibt ein röchelndes Husten von sich. Im blinkenden Licht erkenne ich, dass er nach links zu Victor sieht, aber der ist noch immer bewusstlos.

»Haben wir uns verstanden?«, fragt Dante und übt noch mehr Druck aus, so dass der Kopf meines Vaters zur Seite geneigt wird.

»Das wirst du bereuen, du elender Hurensohn«, röchelt er. »Ich werde dich finden. Und dann –«

»Tu es«, unterbricht Dante ihn mit tödlicher Ruhe. »Such mich. Spür mich auf. Finde mich. Ich kann es kaum erwarten, dass du mich provozierst. Denn dann wird selbst deine Tochter mich nicht davon abhalten können, dich zu töten.«

Er sagt meinen Namen nicht. Ich weiß nicht, wieso es das Einzige ist, wozu ich einen klaren Gedanken fassen kann, aber Dante nennt mich nicht beim Namen. Meinen echten sagt er nicht, weil er weiß, wie sehr ich ihn hasse. Und den, den er mir gegeben hat, verschweigt er, weil er nur uns gehört. Er will nicht, dass diese Menschen, die mein Leben zu einer einzigen Qual gemacht haben, ihn kennen und beschmutzen.

»Fahr zur Hölle.« Die Worte meines Vaters klingen

schwach, und das verschafft mir eine beunruhigende Genugtuung.

»Was denkst du, wo ich herkomme?« Dante legt den Kopf etwas schief, als würde ihn dieses Gespräch amüsieren. »Ich werde mit Freuden dorthin zurückgehen. Weil du schon da sein und auf mich warten wirst, Samuel. Und ich hoffe, du genießt die Zeit bis dahin, denn wenn ich ankomme, wirst du dir wünschen, ich wäre unsterblich.«

Dann holt er aus und schlägt den Griff seiner Waffe gegen die Schläfe meines Vaters, der augenblicklich in sich zusammensackt.

Ich nehme kaum noch wahr, wie er mich anschließend hochhebt, in den vermeintlichen Unfallwagen steigt und Gas gibt, um von hier zu verschwinden.

Dante ist gekommen. Er ist gekommen, um mich zu retten, und wenn mein Vater auch nur annähernd so schlau ist, wie er zu sein vorgibt, werde ich ihn, Victor und meine Mutter nie wieder sehen.

ZWÖLF
DANTE

Alles ist still. Da ist kein Laut. Kein Schuss. Kein splitterndes Glas. Kein Kreischen von Metall. Keine Worte, die bedrohen und vom Tod reden.

Nichts. Nur Stille.

Einzig Winters leiser Atem ist zu hören. Sie liegt in meinen Armen, hat ihre Finger in den Stoff meines Shirts gekrallt und schläft. Sie friert. Durch die Analgesie spüre ich selbst die Kälte kaum, doch Winter zittert auf meinem Schoß, weil die Nächte hier draußen kalt sind und ich die Heizung des Wagens nicht einschalten will, aus Angst davor, sie zu wecken. Aber ich wage es auch nicht, mich zu rühren. Ich weiß, dass ich sie reintragen und zu Amanda bringen sollte, damit die sie untersuchen und mir versichern kann, dass sie okay ist. Doch ich kann es noch nicht. Stattdessen sitze ich einfach nur da, mit ihrem Körper an meinem, und lasse Tränen auf sie regnen, weil ich so erleichtert bin.

Sie lebt. Winter lebt und ist wieder bei mir und ich kann so nicht weitermachen. Ich kann sie nicht weiterhin in Gefahr bringen, indem ich tue, was ich die letzten fünfzehn Jahre getan habe.

Es muss aufhören.

Nur noch ein einziges Mal. Ein einziges, letztes Mal werde ich ein Leben beenden. Für Winter. Für ihren Seelenfrieden und auch für meinen eigenen. Aber dann ... Dann muss es enden. Der Junge, der damals seinen Vater getötet hat, muss endgültig sterben, denn er kann nicht derjenige sein, der an Winters Seite ist. Sie verdient etwas Besseres. Sie verdient jemanden, der ihr Leben nicht aufs Spiel setzt.

Bisher habe ich nie darüber nachgedacht, aufzuhören. Zu keinem Zeitpunkt kam es mir in den Sinn, das Morden aufzugeben. Es ist, wie ich es Winter gesagt habe: Ich bin gut darin. Ich bin der Beste, und es war immer das Einzige, was ich getan habe.

Doch jetzt ist da etwas in meinem Leben, das wichtiger ist als ich. *Viel* wichtiger. Und niemand kann meinen Platz einnehmen und das für Winter sein, was ich für sie bin. Ich würde es nicht ertragen. Sie würde es ebenfalls nicht ertragen. Wir würden beide zugrundegehen, wenn man uns trennt, darum muss ich aufhören. Für sie. Für mich. Und für diese Hoffnung auf Normalität und Glück.

Ich habe eine Scheißangst vor dem, was kommen wird. Keiner kann mir sagen, ob ich das Richtige tue, aber es ist das Einzige, was ich tun kann, denn ich werde sie nicht noch mal verlassen. Solange sie mich bei sich haben will, werde ich bleiben. Ich werde hinter ihr stehen und ihr sagen, wie stark und mutig sie ist. Wie wunderschön und tapfer. Wie klug und gütig. Und in den Momenten, in denen sie sich hinter mir verstecken will, werde ich sie vor allem beschützen, was ihr Leid zufügen könnte.

Es *muss* aufhören. *Ich* muss aufhören, denn ich will mich nie wieder so fühlen müssen wie in diesen Sekunden zwischen dem Knall und dem Moment, in dem ich sie endlich aus dem Wagen geholt habe. Ich will nie wieder darum fürchten müssen, dass Winter tot ist.

DREIZEHN
WINTER

Es ist vorbei. Dante ist gekommen und hat mich von ihnen weggeholt, und es ist endlich, endlich *vorbei.*

Das sind die ersten Worte, die mir durch den Kopf gehen, als ich aus dem leichten Schlaf aufwache. Dantes Körper ist ganz nah an meinem. Ich sitze auf seinem Schoß in seinem Wagen, und um uns ist nichts als Dunkelheit, aber ich habe weder Angst noch das Gefühl, abzudriften. Stattdessen sauge ich seine Wärme in mich auf und lasse mich von ihr durchströmen. »Wo sind wir eigentlich?«, frage ich leise und undeutlich, um mich dann noch enger an ihn zu kuscheln.

Dantes Brust bebt an meiner Wange. Er lacht lautlos und schlingt die Arme enger um mich, und es ist so schön … Es ist so unglaublich schön, mich von ihm halten lassen zu können.

»Wenn ich dir das sage, müsste ich dich töten, Baby«, murmelt er, bevor er einen Kuss auf mein Haar drückt.

Es ist verrückt, aber ich kann dennoch nur lächeln. Er macht mir keine Angst. Wenn es etwas gibt, das mir nie Angst gemacht hat, dann ist es Dante.

»Mir ist kalt.«

Sofort wird seine Umarmung noch fester, als könne er mich so vor der kühlen Nachtluft schützen, doch dann bewegt er sich und öffnet die Tür, um auszusteigen. Dabei hält er mich weiterhin an sich gepresst, und ich atme bewusst ein, um den Geruch der Tiere so tief in mich aufzunehmen wie möglich.

Zuhause. Das hier ist mein *Zuhause*. Es ist der erste Ort, an dem ich mich nicht fürchte. Es ist ein Ort voller Ruhe und Frieden, und ich möchte hier nie wieder weg.

Beinah hätte ich Dante darum gebeten, dass er mich in den Stall trägt, damit ich das leise Rascheln und Kauen der Tiere hören kann. Damit ich den Hühnern und Gänsen lauschen kann, wenn sie leise gackern und schnattern. Damit der Staub von Heu und Stroh mich in der Nase kitzeln und ich Blanket ein Leckerli geben kann. Aber Dante ist bereits am Blockhaus angelangt.

Bevor er die Tür öffnen kann, wird sie von innen aufgerissen. Ein leises Aufschluchzen verrät mir, dass es Amanda ist.

»Geht es ihr gut?«

Ich muss noch mehr lächeln, weil sie ebenfalls gekommen ist, um mich zu retten, und ich sie vermisst habe. Vor allem aber, weil ich wieder hier bin und sie zu einer Freundin wurde.

Dante scheint ihr mit einem Nicken zu antworten, denn sie atmet hörbar auf. Dann greift sie nach meiner Hand und hält sie, während sie neben uns her geht, als Dante mich in sein Zimmer trägt. Ich lasse die Augen weiterhin geschlossen, weil ich mich ganz auf das Gefühl von ihm und Freiheit und Zuhause konzentrieren will.

»Liebes … Lass mich kurz nachsehen, ob wirklich alles okay ist«, sagt Amanda leise. Kurz darauf setzt Dante mich auf dem Bett ab.

Ich zwinge meine Augen, sich zu öffnen, und sehe in die Gesichter der ersten Menschen, die sich um mich gekümmert haben, ohne etwas von mir zu wollen. Robin, der geduldig neben mir saß, als ich noch nicht gesprochen habe, und immer ein Buch mitgebracht hat, obwohl ich es nie anrührte. Amanda, mit der es von der ersten Sekunde an war, als würden wir uns schon immer kennen, weil mit ihr alles so einfach und wie selbstverständlich ist. Und Dante, der mir das Leben gerettet hat. Der mich mit seiner Wut und seiner Verzweiflung bei sich hielt. Der mir nicht nur eine Zukunft, sondern auch mich selbst geschenkt hat, weil er nicht lockerließ und sich dabei seinen eigenen Dämonen stellte, um es leichter für mich zu machen.

Sie alle sind etwas, das ich nie hatte: Freunde. Eine Familie.

Keiner von uns muss es aussprechen. Wir alle wissen, dass ich jetzt hierher gehöre und sie jederzeit wieder alles dafür tun würden, um mich zurückzuholen. Um mich nach Hause und in Sicherheit zu bringen, weil es das ist, was eine Familie tut. Man kümmert sich, sorgt sich, ist für die anderen da und rettet sie, wenn es nötig ist.

Amanda tastet meine Rippen ab und schaut sich die Abschürfung an meinem Hals an. »Hast du irgendwo Schmerzen?«

Ich schüttle den Kopf. »Die Schulter tut ein bisschen weh, aber es ist nicht schlimm.«

Dante gibt bei meinen Worten ein kaum hörbares Grollen von sich. Es ist beinah zum Lachen, dass er mir mit einem Messer die Haut aufgeschlitzt und mich gebissen hat, es jedoch nicht zu ertragen scheint, wenn ich mir die Schulter stoße.

Amanda bewegt meinen Arm, tastet das Schultergelenk ab und verkündet dann, dass es nur eine leichte Prellung ist, mir sonst aber wirklich nichts zu fehlen scheint. Anschließend verlassen sie und Robin das Zimmer, um Dante und mich allein zu lassen.

Ich sehe zu ihm, als die Tür ins Schloss fällt. Sein Blick ist beinah hart, doch dann kommt er auf mich zu und hebt mich aus dem Bett. Ohne ein Wort trägt er mich ins Bad und zieht mir den Pullover aus, den meine Eltern mir gegeben haben. Das Shirt und der BH folgen. Anschließend sinkt er vor mir auf die Knie. Ich stütze mich auf seinen Schultern ab, während er mir aus den restlichen Sachen hilft, und denke an meinen Zorn. Denke an die Tage, die ich in diesem Hotel allein war und ihn für das, was er getan hat, gehasst habe.

Ich wäre gern weiterhin wütend auf ihn. Würde ihm gern sagen, dass er so etwas nie wieder tun darf. Dass er mich beinah mehr verletzt hat, als meine Eltern und Victor es getan haben. Aber als er mich zur Dusche führt, das Wasser aufdreht und sich zu mir unter den heißen Strahl stellt, kann ich es nicht. Als sich seine Kleidung, die er nicht ausgezogen hat, vollsaugt und an ihm klebt, während er damit beginnt, meinen Körper mit den sanftesten aller Berührungen zu waschen, kann ich es einfach nicht. In seinem Gesicht steht so viel Schuld ... So viel Verachtung für sich selbst und seine Taten, dass ich nicht wütend auf ihn sein kann. Ich kann ihn nicht hassen und meinen Zorn gegen ihn richten, weil er das selbst schon tut. Er verabscheut sich dafür, dass er mir das zugemutet hat.

Ich muss es nicht aussprechen. Er weiß, dass die letzte Woche für mich die Hölle war. Er sieht die aufgerissene Haut an meinem Unterarm und hat den Hass meines Vaters spüren können. Vielleicht versteht Dante nicht, dass diese sieben Tage noch viel schlimmer waren als all die vierzehn Jahre zuvor, weil ich mit ihm erlebt habe, wie sich echte Liebe anfühlen kann, aber er weiß, dass es schlimm war.

Ich habe auch gar keine Kraft mehr, um wütend auf ihn zu sein, weil er mich nur beschützen wollte. Ich habe keine Kraft für Hass und Zorn, weil wir beide davon bereits genug in unseren Leben hatten und ich endlich frei sein will.

Ich will aufatmen; nicht Luft holen, um zu wüten. Ich will dankbar dafür sein, dass Dante gekommen ist, um mich nach Hause zu bringen, und keinen Gedanken mehr an das Böse verschwenden, obwohl ich zugleich weiß, dass es unmöglich ist. Das Böse findet immer einen Weg. Aber jetzt – genau in diesem Moment – will ich einfach nur *sein*.

VIERZEHN
WINTER

Dante liegt hinter mir und hält mich. Seine Arme sind so fest um mich geschlungen, als müsse er sich davon überzeugen, dass ich wirklich hier bin. Es bricht mir das Herz, weil mir klar geworden ist, dass diese zwei Wochen, in denen ich weg war, für ihn fast genauso schlimm gewesen sein müssen wie für mich. Darum kann er mich auch nicht loslassen. Darum hält er mich seit zwei Tagen fest und verlässt das Zimmer nur, um uns etwas zu essen zu holen.

Ich spüre seine Schuld überdeutlich, aber sie vermischt sich mit Angst und einer Spur Wut. Denn ja, auch Dante ist wütend. Er ist wütend auf mich, weil ich zu meinen Eltern zurückgegangen bin. Weil ich riskiert habe, dass sie mir etwas antun oder mein Leben beenden. Weil er sieben Tage lang darum bangen musste, dass wir recht behalten und sie mir bis zur Verkündung des Wahlergebnisses nichts antun.

Und ich verstehe seine Wut. Ich weiß, wie leichtsinnig

und gefährlich es war. Aber ich hatte keine andere Wahl. Ich musste zu ihm zurück, und vermutlich ist allein die Tatsache, dass er das weiß, der Grund dafür, dass er nichts sagt, obwohl ihn die Sorge um mich schier wahnsinnig gemacht haben muss.

»Du wirst es tun, habe ich recht?«

»Was werde ich tun?« Er murmelt es an meinem Nacken und lässt mir einen Schauder über den Rücken laufen, weil sein warmer Atem auf meiner Haut kitzelt.

Ich presse mich noch fester an ihn, weil ich es so sehr genieße, dass ich es endlich kann. Dass ich endlich diese Seite von ihm ertragen kann, ohne mich zu verlieren.

Es ist mir inzwischen egal, wie das möglich ist. Es interessiert mich nicht, wieso es mich nicht mehr in meine Erinnerungen katapultiert, wenn Dante mich einfach nur hält oder seine Finger zärtlich über meine Wange gleiten lässt. Vielleicht habe ich erst durch ihn verstanden, dass die Berührungen von Victor und meinem Vater nie sanft waren. Dass nichts von dem, was sie getan haben, wirklich zärtlich und liebevoll war. Vielleicht wurde mir das erst klar, nachdem ich bei Dante gewesen bin und dann zu ihnen zurück musste. Nachdem ich den Unterschied gespürt habe zwischen echter Zärtlichkeit und dem, was man nur von jemandem bekommen kann, der einen hasst.

»Ihn töten«, antworte ich. »Du wirst Victor töten.«

Dante holt tief Luft, um sie erst nach einigen Herzschlägen langsam und beinah bebend auszustoßen. »Ja, Baby.«

»Weil er eine Bedrohung ist?«

»Nein«, sagt er ernst. »Weil ich es nicht ertrage, dass er lebt, nachdem er dein Leben zerstört hat. Ich kann keinen

Frieden finden, solange er nicht für das bestraft wird, was er getan hat. Es geht einfach nicht, Winter.«

Vermutlich sollte ich versuchen, ihn davon abzuhalten. Ihn anflehen und sagen, dass er es vergessen soll, so wie ich es vergessen will. Ich sollte ihm sagen, dass er sich nicht von dem Zorn lenken lassen darf und nach vorn blicken muss. Aber ich weiß, dass er das nicht kann. Die Gewissheit darüber, dass Victor einfach so davonkommt, würde ihn innerlich zerfressen.

Wenn er wüsste, dass mein Vater ebenfalls daran beteiligt war, dass mir meine Kindheit genommen wurde, würde Dante in dem Zorn ertrinken. Er hat es selbst gesagt: Er wird meinen Vater töten, wenn der ihn provoziert, und sich nicht mal von mir aufhalten lassen.

Doch ich will nicht, dass noch mehr Blut an seinen Händen klebt. Will nicht, dass er wegen mir noch einen weiteren Mord begeht, denn jeder einzelne ist einer zu viel. Dante verdient es nicht, diese Last zu tragen, die die Toten ihm aufbürden. Ganz egal, wie stark er ist und wie gut er es verbergen mag: Irgendwann wird er zusammenbrechen. Irgendwann sind es zu viele, und dann geht er daran zugrunde. Aber das kann ich nicht zulassen.

So, wie er mich gerettet hat, muss ich nun ihn retten. Und wenn ich dafür die Wahrheit vor ihm verbergen muss – die *ganze* Wahrheit –, dann werde ich das tun.

Um nicht länger darüber nachzudenken, stelle ich ihm eine Frage, die mich quält, seit ich bei ihm bin. »Wieso Winter? Warum nennst du mich so?«

»Gefällt es dir nicht?«, will er wissen, während seine Finger an meiner Taille entlangstreichen. Es ist keine verlangende Geste; es ist einfach nur der Wunsch nach Nähe und Frieden.

»Doch. Natürlich gefällt es mir. Ich frage mich nur, wie du darauf kommst.«

Er brummt leise, bevor er mich vorsichtig zu sich umdreht, damit er mich ansehen kann. Es dämmert gerade, und das fahle Morgenlicht lässt seine beinah schwarzen Augen geheimnisvoll und unendlich tief wirken. Ich möchte in ihnen versinken und nie wieder auftauchen müssen, doch stattdessen konzentriere ich mich auf seine Worte.

»Weil November nicht ausreicht. Du bist stärker und mächtiger und einnehmender als November. Du bist die ganze Reinheit des Winters. Die Stille. Der Frieden. Die reinigende Art …«

Seine Finger liegen an meiner Wange, während bei seinen Worten ein dicker Kloß in meinem Hals entsteht.

»Du hast die ganze Kraft des Winters. Seinen Mut und den Willen, durchzuhalten. Du bist viel mehr als nur November. Darum nenne ich dich so.«

Als würde er wissen, dass mir die Worte fehlen, berührt er meinen Mund mit seinem und küsst mich. Vorsichtig, bedacht und beinah ehrfürchtig bewegt er seine Lippen, und ich muss ein Schluchzen unterdrücken, weil es so wehtut, dass all das in ihm steckt und er es nicht sehen kann. Dass er nicht erkennt, wie unglaublich gut er ist.

»Ich liebe dich«, murmle ich an seinen Lippen und lege meine Hand dabei an seine Brust, doch er verzieht den Mund leicht, woraufhin ich stocke und mich ein wenig von ihm entferne. »Was hast du?«

Er deutet ein Kopfschütteln an, wobei er mich nicht aus den Augen lässt.

»Was ist? Darf ich nicht sagen, dass ich dich liebe?«, frage ich und runzle die Stirn.

Dante streicht mit dem Daumen über meine Unterlippe, in der zum ersten Mal, seit ich bei ihm bin, keine Bisswunden sind. »Doch, Baby. Natürlich darfst du das. Du darfst alles sagen, was du willst.«

»Aber? Irgendwas stimmt nicht. Rede mit mir«, flehe ich ihn an. »Ist es, weil ... Weil du es nicht tust? Weil du mich nicht liebst?«

Die Worte brennen auf meiner Zunge. Ich habe nie daran gezweifelt, dass er das Gleiche empfindet wie ich, aber ... Er hat es nicht ausgesprochen. Nie. Nichts davon. Und mit einem Mal schmerzt es, weil ich befürchte, dass er mir wichtiger sein könnte als ich es ihm bin, und das möchte ich nicht. Ich möchte kein Ungleichgewicht zwischen uns. Ich will, dass wir einander ebenbürtig sind und –

»O Winter ...«, sagt er leise und schüttelt erneut den Kopf, wobei ich glaube, ein Lächeln an seinen Mundwinkeln zupfen zu sehen.

»‚Ich liebe dich‘ ist so ausgelutscht. Alle werfen damit um sich, als wäre es Konfetti, dabei meinen die meisten es nicht mal wirklich so. Es ist pathetisch. Nichtssagend. Und so schrecklich schwach ... Also nein, ich liebe dich nicht.«

Er macht eine kurze Pause, in der sich mein Herz auf schmerzhafte Weise zusammenzieht und kurz davor ist, zu brechen.

»Ich würde die Menschheit für dich ausrotten, Winter. Ich würde für dich bis ans Ende der Welt gehen und jeden, der dich auch nur ansieht, in Stücke reißen. Ich würde mich selbst zerstören, wenn ich nicht so gottverdammt selbstsüchtig wäre, weil ich die größte Gefahr für dich bin. Weil ich uns beide eher vernichten würde, als dich in den Armen eines anderen zu sehen. Du wirst keine Seele auf diesem Planeten finden, die dich so verehrt wie ich es tue. Wonach auch immer du verlangst, ich werde es dir geben. Alles. Bis auf eine einzige Sache: Dich noch einmal gehen zu lassen. Denn das kann ich nicht. Niemals.«

Seine Stimme ist ganz ruhig, aber dennoch so einnehmend und kraftvoll, dass sie keinen Zweifel daran lässt, wie ernst er jedes einzelne seiner Worte meint.

»Wenn du also wirklich ein ‚Ich liebe dich‘ von mir hören willst, muss ich dich enttäuschen. Denn für das, was ich empfinde, reichen diese Worte nicht aus. Nicht einmal ansatzweise.«

FÜNFZEHN
DANTE

In Winters Augen stehen die schönsten Tränen, die ein Mensch je vergossen hat. Sachte streiche ich mit dem Daumen über ihre Wange und fange sie auf, als sie daran runterlaufen wollen, und empfinde für den Moment so etwas wie Frieden.

Das hier … Das ist Glück. Pures, reines, alles einnehmendes Glück. Das hier ist, wonach sich jede Menschenseele sehnt. Hier zu liegen und in Winters Augen zu blicken, die vor Liebe überlaufen, während ich selbst dieses Wort nicht einmal denken will, weil es nicht reicht.

Es reicht verdammt noch mal nicht, um zu beschreiben, was ich fühle. Es wäre eine Beleidigung für das, was mich von innen heraus verbrennt, wenn ich an Winter denke. Darum kann ich es nicht sagen. Es ist einfach nicht genug.

Sie schnieft leise und wischt sich mit dem Handrücken über das Gesicht. Die Geste ist so leicht und süß und normal, dass ich wünschte, sie würde es noch einmal tun.

Stattdessen zieht sie einen leichten Schmollmund, und ich muss an mich halten, um nicht augenblicklich über sie herzufallen.

»Ist es okay, wenn ich es weiterhin sage?«, fragt sie beinah unsicher. »Ich glaube nämlich nicht, dass ich etwas sagen könnte, das –«

Ich bringe sie mit einem Kuss zum Schweigen, bevor ich mich lächelnd von ihr entferne und ihr die letzten Tränen aus dem Gesicht streiche. »Du darfst es so oft sagen, wie du willst, Winter Baby. Egal was. Ich nehme alles, was du mir gibst«, erkläre ich und küsse sie noch mal, bis sie mich von sich schiebt und ihr Blick sich etwas verdunkelt, weil sie die Brauen zusammenzieht.

»Das heißt aber nicht, dass ich dich verliere, oder? Dass ich den Dante verliere, der hart ist und mir wehtun kann und mein Blut liebt.«

Ich schlucke bei ihren Worten, weil sie so geradeheraus sind und zugleich deutlich machen, wie sehr sie alles von mir will und braucht. Und bei Gott … Ich bin es leid, so zu tun, als würde ich es nicht auch brauchen. Als würde ich ihr leises Wimmern nicht lieben. Als würde ich mich nicht danach verzehren, dunkle Male auf ihrer Haut zu hinterlassen und ihr Blut fließen zu sehen.

»Nein, Winter. Du wirst nichts verlieren.«

Ich habe noch immer Angst davor, dass es mich zu meinem Vater macht, wenn ich ihr Schmerzen zufüge. Aber sie braucht es nicht nur – sie kann es auch aushalten. Sie erträgt alles, was ich ihr gebe, weil sie meine Königin ist, und ich werde den Teufel tun und ihr das verwehren.

Denn inzwischen weiß ich, dass sie es auch auf die andere Art aushält. Ich habe keine Ahnung, wie sie das geschafft oder was ihr die Kraft dazu gegeben hat, aber Winter lässt zu, dass ich sanft zu ihr bin. Sie erträgt meine Zärtlichkeit nicht nur, sie scheint sie sogar zu genießen, und das ist wohl das größte Geschenk, das sie mir machen kann, also werde ich es niemals wagen, ihr die andere Seite von mir vorzuenthalten.

»Du gehst.«

Winter steht im Türrahmen. Bis eben war sie draußen und hat Amanda und Robin dabei geholfen, die Klauen der Schafe und Ziegen zu schneiden, doch jetzt ist sie hier und sieht, dass ich mich vorbereite.

Es ist keine Frage. Es ist eine Feststellung, weil ihr bewusst ist, wie sehr es in mir kocht. Sie weiß, dass ich diese eine Sache tun muss, weil ich sonst keine Ruhe finde. Dass ich es *jetzt* tun muss, weil jeder Tag, an dem dieser Wichser noch atmet, mich mehr und mehr in den Wahnsinn treibt. Und sie weiß auch, dass sie mich nicht davon abhalten kann.

»Wirst du ihn herbringen?«, fragt sie, als ich nichts erwidere und stattdessen in den Safe greife, um den Schlüssel für den Keller rauszuholen.

»Nicht, wenn du es nicht willst«, erwidere ich ernst und schließe den Tresor, um mich zu ihr umzudrehen. »Er muss nicht hier sein, wenn es zu viel für dich ist.«

Mit erhobenem Haupt und vor der Brust verschränkten Armen steht sie da und sieht mich an, während sie zu überlegen scheint.

»Ich kann es woanders tun, Winter.«

»Nein.« Sie schüttelt den Kopf. »Es ist okay. Er kann mir nichts mehr anhaben.«

Sie ist so verdammt stark. Ich wusste, dass Menschen, die durch die Hölle gegangen sind, stärker rauskommen, als sie reingegangen sind. Aber Winter ...

Was da in ihren Augen steht, ist die Stärke der ganzen verfluchten Welt. Jede Unze davon schwimmt in dem Wolkenblau ihrer Iriden und zwingt mich beinah in die Knie.

Ich gehe zu ihr und ziehe einen Heuhalm aus ihren dunklen Haaren, die den Rotstich inzwischen verloren haben, dadurch aber nicht weniger schön aussehen. »Bist du sicher?«

Ein Nicken ist ihre einzige Antwort, aber der Ausdruck, der dabei in ihren Augen steht, ist es, der mir den Atem raubt. Da ist pure Entschlossenheit in ihnen. Entschlossenheit und etwas, das mir vermutlich Sorge bereiten sollte, doch ich ignoriere es. Stattdessen beuge ich mich zu ihr, um sie mit einer Intensität zu küssen, die uns beide für den Moment vergessen lässt, was ich vorhabe, bevor ich meine Stirn an ihre lege.

»Erinnere mich daran, später vor dir auf die Knie zu gehen und dir zu zeigen, was deine Worte mit mir machen«, sage ich leise.

»Auf den Knien?«

Sie klingt beinah belustigt, doch mein Blick bleibt ernst, und ich weiß, dass er auflodert.

»Exakt. Auf den Knien. Dich anbetend. Weil es genau der Platz ist, an den ich gehöre.«

Winters Lachen erstirbt, als sie schwer schluckt und eine Mischung aus Unglaube und Lust in ihre Augen tritt.

Ich habe sie seit ihrer Rückkehr nicht angerührt, weil ich es dieses Mal richtig machen wollte, aber *fuck* … Lange halte ich das nicht mehr aus. Dafür brauche ich sie zu sehr.

»Sieh mich nicht so an, Baby«, murmle ich und lege meine Hände an ihre Hüften, obwohl ich sie eigentlich von mir schieben sollte. »Ich muss einen Mord begehen. Und ich möchte mir Zeit lassen. Also sei ein braves Mädchen und geh wieder raus zu Amanda und Robin, damit ich meinen Job machen kann.«

»Du verstehst es, einen Moment zu zerstören.« Sie verzieht das Gesicht und schüttelt den Kopf.

Ich lasse sie los und gehe um sie herum, woraufhin sie mir aus dem Zimmer folgt. »Ich habe nie behauptet, ein Romantiker zu sein.«

Winter geht hinter mir die Treppe runter, die in den Keller führt. Während normale Menschen dort eingelegtes Obst und ausrangierte Möbelstücke aufbewahren, nutze ich das riesige Untergeschoss für … andere Dinge.

»Wieso steht hier ein Motorrad?«, will Winter verdutzt wissen, während ich den Schlüssel ins Schloss stecke.

Ich sehe zu der Yamaha R6, die etwas eingestaubt am Ende des Flurs steht, der in die Tiefgarage mündet. »Ich habe sie einem Kerl aus Mississippi abgekauft, der sie loswerden wollte, nachdem er Vater wurde. Sie stand in seinem Lagerhaus-Loft, und er hatte Angst davor, dass seine Tochter darauf herumklettern und sich verletzen könnte.«

»Er hätte sie doch einfach rausstellen können«, gibt Winter zu bedenken.

Mir legt sich ein Lächeln auf die Lippen, als ich an den Tag denke, an dem ich die Maschine abgeholt habe. »Ich glaube, er wollte sie nicht mehr fahren. Das Teil ist verflucht schnell.«

Ich erinnere mich noch genau daran, wie er seine Freundin angesehen hat. Da stand etwas in seinen Augen, das ich damals nicht verstanden habe. Ich dachte, es wäre vielleicht Angst; dass sie ihm aufgetragen haben könnte, das Motorrad loszuwerden, und er sie nicht verärgern wollte. Dabei wäre das wirklich lächerlich gewesen, da er größer und kräftiger war als ich und man ihm deutlich ansah, dass das Leben ihn schon einige Kämpfe hat ausfechten lassen. Sie hingegen ging ihm gerade mal bis zur Brust und war das genaue Gegenteil von ihm: brav, rein und gut. Niemand, vor dem man Angst haben musste.

Doch jetzt verstehe ich es.

Dieser Typ hat sie so abgöttisch geliebt, dass er es nie wieder wagen würde, sich auf diese Höllenmaschine zu setzen, weil er nicht zulassen konnte, dass ihm etwas passiert. Weil er es nicht ertragen hätte, sie zu verlassen. Und fuck … Ich weiß genau, wie es ihm dabei ergangen ist und wieso er das Ding loswerden wollte.

Winter reißt mich mit ihrer nächsten Frage aus meinen Erinnerungen und Gedanken. »Fährst du es?«

Ich grinse sie an. »Gelegentlich.« Aber jetzt vermutlich nicht mehr. Vielleicht will Amanda es haben. Sie steht auf sowas, was wirklich bescheuert ist, weil sie im Gegensatz zu mir sehr wohl Schmerzen spüren würde, wenn sie sich damit hinlegen sollte. Und ich weiß, wie sie fährt. Darum sitzt sie bei mir immer auf dem Beifahrersitz.

Als ich die Tür zu dem Raum öffne, in dem ich all

meine Waffen aufbewahre, erwarte ich eine Reaktion von Winter, doch sie folgt mir wortlos und bleibt dann in der Mitte des Zimmers stehen, um sich umzusehen.

Die Metallhalterungen und Regale an den schwarzen Wänden sind voll mit allem, was man zum Zerstören und Töten gebrauchen kann. Zwei Dutzend Pistolen, mehrere Scharfschützengewehre – darunter auch die McMillan, mit der ich auf Winter gezielt habe –, eine Panzerfaust, eine doppelläufige Flinte, vier Maschinengewehre. Handgranaten, Armbrüste, Schalldämpfer, Zielfernrohre und Unmengen an Munition. Dazu noch einiges anderes Zeug, das nicht direkt als Waffe gilt, aber durchaus hilfreich ist, wenn man jemandem die Lichter auspusten will. Doch meine liebsten Stücke sind tatsächlich die unzähligen Messer, die ich hier aufbewahre. Vor allem, nachdem ich zwei davon an Winter benutzen durfte.

Allein in der Zeit, in der sie weg war, habe ich drei neue gekauft.

»Du hast … eine Menge Waffen«, gibt sie zu bedenken und tritt an eines der Regale heran, um mit dem Finger über den Schaft einer AK-103 zu streichen.

»Es sind meine Arbeitsgeräte«, erwidere ich und gehe zu einer schwarzen Kommode, um Handschellen und ein Anästhetikum herauszunehmen, wobei ich sie nicht aus den Augen lasse.

Winter wendet sich mir zu und hebt bedeutungsschwer eine Augenbraue. »Das sind nicht bloß deine *Arbeitsgeräte*, Dante«, sagt sie ernst. »Das ist eine verdammte *Sammlung*. Du bist … süchtig. Nach Waffen.«

Ich halte ihrem Blick stand, bis ich mir das Schmunzeln nicht mehr verkneifen kann und ein Schulterzucken andeute. »Und du bist viel zu klug, als dass ich es riskieren sollte, mit dir hier drin zu sein.«

Sie legt den Kopf schief und runzelt die Stirn.

»Sobald du dahinterkommst, wie verrückt ich wirklich bin, wirst du mich mit meinen eigenen Waffen schlagen. Wortwörtlich.«

Ihre Augen funkeln, als sie auf mich zu kommt, ihre Arme um meine Taille schlingt und zu mir aufsieht. Dabei ist ihr Blick so eindringlich, dass ich für einen Moment vergesse, zu atmen.

»Du machst mir keine Angst, Dante. Hast du nie und wirst du auch nie. Nichts an dir kann mich einschüchtern oder vertreiben. Also hör auf, mich von irgendwas überzeugen zu wollen. Es wird nicht funktionieren.«

Ich wünschte, es wäre wirklich so. Wünschte, es gäbe nichts, womit ich sie schockieren kann, doch ich befürchte, dass der Raum nebenan es schaffen würde. Dass das, was ich mit Victor vorhabe, sie sehr wohl vertreiben könnte.

»Geh jetzt, Baby. Und kommt nicht mehr hier runter, hast du verstanden? Ich will nicht, dass du in der Nähe bist, wenn es passiert.«

Ihr Blick wird für einen Moment ernst, bevor sie ein ungezwungenes Lächeln aufsetzt und sich auf die Zehenspitzen stellt, um mir einen Kuss auf die Lippen zu hauchen. »Okay.«

Sie lässt mich los und dreht sich um, bleibt aber an dem letzten Regal stehen, in dem ein paar Militärmesser liegen. Ihr Blick gleitet über die scharfen Klingen, bevor sie ihre Hand ausstreckt und nach dem Sig Sauer M3 greift. Der Edelstahl mit mattschwarzer Keramikbeschichtung schluckt das Licht der Deckenspots und bildet einen krassen Kontrast zu Winters heller Haut, als sie mit dem Finger darüberstreicht.

Man würde annehmen, dass mich der Anblick einer Waffe in Winters Händen beunruhigt, doch das Gegenteil ist der Fall.

Es macht mich an.

»Das hier«, sagt sie leise und mit einem Unterton, der die Macht hat, mich ins Verderben zu stürzen. »Ich will, dass du das nächste Mal das hier benutzt.«

Reglos sehe ich sie an und frage mich, was für ein Monster ich in ihr erschaffen habe. Denn das, was da gerade in ihren Iriden steht, hat nichts mehr mit der Frau zu tun, die ich vor einer gefühlten Ewigkeit aus dem gläsernen Käfig ihrer Eltern entführt habe.

Ihr Blick hebt sich, und sie sieht mir geradewegs in die Augen. »An mir.«

Ah, fuck ...

»Du solltest jetzt gehen, Winter Baby. Bevor ich mich vergesse.«

Sie schaut mich noch einen Moment an, wobei die Blitze in ihren wolkenblauen Augen aufleuchten, bevor sie nickt, das Messer beinah behutsam wieder ablegt und sich abwendet.

Winter wird mich killen. Daran besteht kein Zweifel.

Doch bevor ich mich ihr widmen und ihr geben kann, was sie will, muss ich einen Mann töten. Damit sie endlich frei ist.

Victor ist noch viel langweiliger und gewöhnlicher, als ich befürchtet habe.

Auf seinem Couchtisch lag ein gottverdammtes Häkeldeckchen.

Es war zum Kotzen, zu sehen, wie normal er lebt. Etwas erbärmlich, wenn man bedenkt, was Winters Vater ihm zahlt, aber eben dennoch normal. Dass es ausgerechnet dieser stinklangweilige Kerl von nebenan ist, der sich an meinem Mädchen vergriffen hat, schürte meine Wut nur noch mehr. Zugleich ließ es diese wundervolle Ruhe in mir aufkommen, die ich brauchte.

Es war so einfach. Keine Sicherheitskameras. Keine besonderen Türschlösser. Keine Alarmanlage, keine Waffe neben seinem Bett, nicht mal eine Katze, die ihn mit ihrem Miauen auf einen Eindringling hätte aufmerksam machen können. Als wäre er unantastbar. Oder unglaublich dumm.

Er hat nicht gemerkt, dass ich neben seinem Bett stand und ihm ein Betäubungsmittel in die Vene jagte. Er schlief einfach weiter, wobei er schnarchte und dabei sein Kissen vollsabberte.

Es widerte mich an. Dass dieser armselige Kerl Winters Leben zerstört hat, machte mich rasend und schmerzte zugleich. Aber jetzt … Jetzt wird er für das bezahlen, was er getan hat.

Ich kippe den kleinen Schalter mehrfach hin und her, was immer wieder eine Spannung von etwa dreißig Volt durch seinen Körper fließen lässt. »Zeit, aufzuwachen, Victor«, sage ich mit fröhlichem Unterton und bewundere dabei das Zucken seines Körpers. »Du hast eine Rechnung zu begleichen. Und du wirst sie bis auf den letzten Tropfen mit Blut bezahlen.«

SECHZEHN
WINTER

Amanda und Robin versuchen, mich irgendwie bei Laune zu halten. Sie haben einen Filmabend angeleiert, obwohl selbst ich schnell gemerkt habe, dass weder die beiden noch Dante für gewöhnlich auf der Couch herumlungern und Komödien schauen.

Sie wollen mich ablenken und beschäftigen, damit ich nicht daran denke, dass Dante mit Victor im Keller ist. Dass er ihn gerade foltert, um ihn anschließend zu töten.

Dummerweise haben die beiden in den letzten Tagen die ganze Arbeit auf der Farm übernommen, weil Dante mich nicht alleingelassen hat. Sie sind also so erschöpft, dass sie nach der Hälfte des ersten Films einschlafen, wobei Amandas Kopf auf Robins Schulter liegt und er einen Arm um sie gelegt hat.

Dante wird sie dafür vermutlich einen Kopf kürzer machen wollen, aber ich werde ihn schon irgendwie besänftigen. Immerhin können sie nichts dafür, dass ich mich seinen Anweisungen widersetze und die Stufen hinabsteige, die in den Keller führen

Am Fuß der Treppe halte ich inne. Vor ein paar Stunden war das einfach nur ein Keller, doch jetzt liegt etwas in der Luft, das mir die Haare zu Berge stehen lässt: der Geruch von Blut und Dantes Skrupellosigkeit.

Ich zögere. Es ist eine Sache, zu wissen, dass jemand zu Schrecklichem fähig ist. Aber es ist eine ganz andere, sich dem zu stellen und herauszufinden, *wie* schrecklich diese Dinge sind. Bisher war Dantes Berufung nur ein Gedanke. Ein paar Worte, die ausgesprochen etwas bitter auf der Zunge schmeckten, aber eben nicht mehr. Gewalt und Tod erscheinen so schrecklich weit weg, solange man nur davon spricht. Doch wenn ich jetzt weitergehe, werde ich eine Seite von Dante kennenlernen, die ich nie wieder vergessen kann.

Angst macht sich in mir breit. Nicht vor dem, was Dante tun wird, sondern davor, dass diese Seite von ihm meine Gefühle verändern könnte. Dass sie meine Liebe zu ihm zerstören könnte.

Es ist Dante, sage ich mir in Gedanken. *Nichts kann ändern, was ich für ihn empfinde. Nicht einmal er selbst und erst recht nicht diese andere Seite, ganz egal, wie dunkel und grausam sie auch sein mag.*

Ein letztes Mal Luft holend gehe ich auf die Tür zu, durch die ein Schrei dringt, der mich erneut stoppen lässt.

Victor.

Was auch immer Dante gerade tut – es ist schmerzhaft.

Ich lausche in mich hinein; versuche herauszufinden, was die Schreie meines Peinigers mit mir machen. Aber da ist nichts. Nichts außer einer Genugtuung, die mich vermutlich beunruhigen sollte.

Es gefällt mir, ihn leiden zu hören.

Sobald der Schmerzensschrei erstirbt, gehe ich die letzten Schritte. Ich muss mich nicht fragen, ob Dante wütend sein wird, wenn ich sie öffne. Ich weiß es bereits. Dennoch kann ich nichts dagegen tun, dass meine Hand sich um den Türknauf legt und ich ihn langsam drehe.

Aus dem Inneren des Raums ist Dantes Stimme zu hören, aber sie ist zu gedämpft, als dass ich verstehen könnte, was er sagt. Doch dann klickt das Schloss kaum hörbar, und ich stoße die Tür auf, ohne weiter darüber nachzudenken.

Mein Blick findet den von Dante sofort. Er steht mir zugewandt da, und sein Gesichtsausdruck versteinert sich für einen Augenblick, als er mich sieht. Seine Kiefermuskeln verkrampfen sich, und ich befürchte schon, dass er mich anschreien wird, doch er tut es nicht. Stattdessen mustert er mich, während ich mich dazu zwinge, an ihm hinabzusehen.

Das schwarze Hemd schimmert an einigen Stellen verdächtig, schmiegt sich aber dennoch perfekt an seinen muskulösen Oberkörper. In seiner rechten Hand hält er eine Art Dolch, an dessen Schneide Blut hinabläuft, das sich in einer kleinen Lache am Boden sammelt. Es glänzt im Licht der Neonröhren und riecht nach Vergeltung. Nach der Rache, die Dante für mich nimmt. Und nach Freiheit.

Er lässt Victor seine Schuld begleichen, und ein vermutlich nicht zurechnungsfähiger Teil von mir liebt ihn in diesem Moment noch mehr.

Ich schaue wieder in seine Augen. Die Wut darin lässt

das dunkle Braun mit den goldenen Sprenkeln wie ein Höllenfeuer aussehen. Gerade, als ich denke, dass er mich wegschicken wird, wendet er sich wieder Victor zu, als wäre ich nicht vor fünf Sekunden in diesen Raum geplatzt, obwohl er mir verboten hat, herzukommen.

Mein Blick folgt seinem, doch ich sehe nur auf glänzenden Edelstahl. In der Mitte des Zimmers steht eine Art Metalltisch, dessen Platte man in die Senkrechte legen kann. Von der Tür aus erkenne ich lediglich die Unterseite der aufgerichteten Tischplatte, aber ich vermute, dass Victors Körper daran festgeschnallt ist. Ich kann ihn riechen. Rieche den Gestank nach Lakritz und Zigaretten, der sich mit dem seines Blutes vermischt und die Luft hier drin verpestet. Etwas in mir will zurückweichen, weil dies das erste Mal ist, dass ich es *kann*, aber ich bleibe stehen und festige die Rüstung unter meiner Haut.

Ich weiß nicht, woher der Wunsch kam und ob es klug ist, aber ich muss das hier sehen. Ich muss dabei sein, wenn Victor stirbt, damit ich sicher sein kann, dass er wirklich tot ist.

Mit erhobenem Kopf mache ich ein paar Schritte, wobei ich einen gebührenden Abstand zu Victor und Dante einhalte. Nicht aus Angst oder Ekel, sondern weil ich spüre, dass Dante ihn braucht. Er kann mich jetzt nicht nah bei sich haben, weil er das Monster in sich entfesselt hat und mich nicht in seiner Nähe wissen will.

Als ich endlich den Mann erkennen kann, der meine Kindheit beendet hat, trete ich an die Wand und lehne mich mit dem Rücken daran an.

Dante hat ihm die Augen verbunden, damit Victor nicht sehen kann, was als Nächstes geschieht. Ein Teil der

Folter, der harmlos erscheint, seine Wirkung aber vermutlich nicht verfehlt. Es erleichtert mich, dass Victor mich nicht sieht, während ich meinen Blick über diesen Körper gleiten lasse, der mir zu oft zu nah gekommen ist und mein Leben zu einem Albtraum gemacht hat.

Er ist nackt und sieht auf den ersten Blick unversehrt aus. Doch bei genauerem Hinsehen erkenne ich, dass Dante bereits seine Wut an ihm ausgelassen hat.

Die Schienbeine sind gebrochen. Ebenso die Unterarme und die Finger, aus denen feine Nägel ragen, die unter die Fingernägel geschoben wurden. Kleine Blutstropfen laufen daran hinab und fallen auf den Betonboden. Auch aus seinem Bauchnabel läuft dunkles Rot, und als mein Blick weiter runter und nochmals zu der Waffe in Dantes Hand zuckt, wird mir klar, dass der dünne Dolch soeben noch in Victors Bauchhöhle steckte. Und in seiner Harnröhre. Dante hat ihn mit der Klinge des Dolches regelrecht katheterisiert, doch selbst das schreckt mich nicht ab.

»Was ist, Arschloch?« Victors Worte klingen undeutlich, und als ich in sein Gesicht sehe, erkenne ich, dass es an den Zähnen liegt, die sich nicht mehr dort befinden, wo sie sein sollten. »Das war's schon?«

Ich schaue zu Dante, der nun an einem Tisch steht, den ich bis eben nicht bemerkt habe. Er hat Handschuhe angelegt und füllt eine Flüssigkeit in eine kleine Schale, um anschließend nach einem Pinsel zu greifen und sich mit beidem wieder Victor zuzuwenden. Er sagt kein Wort, als er die Borsten des Pinsels eintunkt und dann an Victors Brust ansetzt. Der zuckt zusammen, bevor er ein schmerzverzerrtes Zischen von sich gibt.

Die Flüssigkeit verätzt Victors Haut, so dass das Fleisch

darunter zu sehen ist. Erst erkenne ich nichts, doch dann wird eine der markantesten und zugleich schönsten Handschriften deutlich, die ich je gesehen habe.

Ihr Schweigen für deines.

In feinen und dennoch dominanten und ausdrucksstarken Schwüngen erscheinen die Worte auf Victors Brust und machen ihn zu einem lebenden Blatt Papier. Ich verstehe zwar nicht, wieso Dante das getan hat, doch während ich die nun beinah blutroten Worte anstarre, hat er sein Schreibwerkzeug und die Handschuhe abgelegt und kommt zu mir.

Seine Finger greifen beinah zaghaft nach meinem Kinn, als hätte er Angst davor, dass ich seine Berührung nicht ertragen könnte. Ob wegen meiner Vergangenheit oder dem, was er hier tut, vermag ich nicht zu sagen, doch es ist auch unwichtig. Dante ist der einzige Mensch auf diesem Planeten, der mich immer berühren darf, und ich lege diese Tatsache in meinen Blick, als ich zu ihm aufsehe.

»Du solltest nicht hier sein«, sagt er kaum hörbar und sieht mich dabei eindringlich und mit verkrampften Gesichtszügen an, während seine Finger an meinem Kinn leicht zittern.

Victor flucht unterdessen undeutlich, weshalb er uns nicht hören kann, also antworte ich leise. »Ich *muss* hier sein. Und das weißt du auch.«

Dantes Blick springt zwischen meinen Augen hin und her, wobei er sichtbar mit den Kiefern mahlt, dann aber einmal nickt. Er weiß, dass er mir das nicht verwehren darf. Dass das hier *meine* Schlacht ist, in der ich ihn lediglich für mich kämpfen lasse.

»Wie lange noch?«, frage ich flüsternd und schaue kurz

zu Victor, auf dessen Brust die Worte von Dante immer deutlicher hervortreten.

»So lange du willst«, antwortet er ohne zu zögern. Seine beinah schwarzen Iriden sind dabei von Mordlust getränkt. Nie sah er gefährlicher und furchteinflößender aus als in diesem Moment, dennoch stelle ich mich auf die Zehenspitzen und küsse ihn.

Ein tiefes Stöhnen entringt sich seiner Kehle, als ich mit der Zungenspitze an seiner Lippe entlanggleite. Es fährt mir direkt zwischen die Beine und will mich kopflos machen, als er seine Hände mit festem Griff an meine Hüften legt, aber ich entferne mich wieder von ihm und sehe ihm geradeheraus in die Augen.

»Nimm ihm die Binde ab«, befehle ich. »Er soll sehen, weswegen er hier ist.«

Dante sucht ein paar Sekunden lang nach etwas in meinem Gesicht, findet dort jedoch nur Entschlossenheit und wendet sich ab. Mit drei Schritten ist er bei Victor und reißt ihm die Augenbinde vom Kopf.

Der Leibwächter meiner Eltern gibt einen erschrockenen Laut von sich und schüttelt den Kopf, wobei er gegen das Licht anblinzelt. Dante muss ihm von Anfang an die Sicht genommen haben, denn als Victor ihn endlich erfassen kann, verengen sich seine Augen.

»*Du*«, bringt er hasserfüllt hervor. »Ich wusste, dass –«

Dante holt aus und schlägt ihm mit dem Handrücken so fest ins Gesicht, dass Victors Kopf zur Seite fliegt und augenblicklich Blut aus seiner Lippe quillt. »Sei still.«

»Bastard«, murmelt Victor und schüttelt erneut den Kopf. Die Bewegung erstirbt jedoch abrupt, als er mich sieht. »Nov–«

Ein weiterer Schlag. »Wage es nicht, ihren Namen auszusprechen.« Dantes Stimme ist leise, aber so voller Zorn, dass selbst ich ein Schaudern unterdrücke.

Victor hustet und spuckt Blut aus, das nur wenige Zentimeter neben Dantes Füßen auf dem Boden landet. Dann sieht er wieder zu mir, und ein grausames Lächeln legt sich auf sein Gesicht. »Machst du für ihn auch so schön die Beine breit? Fühlt sich sein Schwanz genauso gut an wie meiner?«

Ich recke mein Kinn, während ich nach Worten suche, die ihm klarmachen könnten, was er mir angetan hat. Doch mit jeder Sekunde, die vergeht, wird mir mehr und mehr bewusst, dass es nichts ändern würde. Victors Seele ist zu verdorben. Er weiß genau, was seine Taten angerichtet haben, und er labt sich regelrecht daran. Dieser Mann ist durch und durch böse, und er ist den Atem nicht wert, den ich vergeuden müsste, um ihm meinen Schmerz zu verdeutlichen.

Im Augenwinkel erkenne ich, dass Dantes Körper regelrecht bebt. Als ich zu ihm sehe, ist sein Blick auf Victor gerichtet, wobei er darauf zu warten scheint, ihm den Todesstoß versetzen zu dürfen.

Victor sieht von mir zu Dante und leckt sich das Blut von den Lippen. In seinen Augen steht der blanke Wahnsinn, und als er Luft holt, weiß ich bereits, dass seine nächsten Worte Dantes Wut nur noch verstärken werden.

»Schmeckt sie nicht unglaublich, unsere kleine November?«

Meinen Namen aus seinem Mund zu hören, treibt mir die Galle in die Kehle, doch ich schlucke sie runter, als Dantes Kopf sich zu mir dreht, als würde er auf meine

Erlaubnis warten. Er würde nicht zulassen, dass *ich* Victor töte, aber er überlässt es mir, zu entscheiden, wie lange dieser Mann noch am Leben bleibt.

Ich sehe wieder zu dem nackten Körper und lasse meinen Blick ein letztes Mal über diese Hände gleiten, die mir so viel Leid zugefügt haben. Ich betrachte die Brust, die ich unzählige Male über mir ertragen musste. Dieses Gesicht, das mich verhöhnt hat. Den Mund, der mich demütigte. Die Augen, die mich in meinen Albträumen verfolgt haben. Dann nicke ich.

Dante zögert nicht eine Sekunde. Er greift nach einer Zange und einem Messer und tritt damit an Victor heran. Ich erwarte, dass er ihm die Klinge ins Herz rammt oder seine Kehle durchschneidet, doch Dante führt das Messer zu seinem eigenen Mund und beißt mit den Zähnen auf das Metall. Mit der nun freien Hand packt er Victors Gesicht, um mit erbarmungslosem Griff dessen Kiefer aufzudrücken. Victor windet sich und flucht undeutlich, doch er hat keine Chance. Nur zwei Herzschläge später greift Dante mit der Zange nach dessen Zunge. Einen weiteren Herzschlag später fällt sie zu Boden.

Victors Schrei dringt durch den Keller und bohrt sich in meinen Kopf, doch ich bleibe reglos stehen und wende auch den Blick nicht ab. Ein Teil von mir will sich zusammenkrümmen, doch der andere – der, der jahrelang von Victor missbraucht wurde – ergötzt sich regelrecht an dem Anblick.

Dante wirft die Zange auf den Tisch und kippt Victors Kopf gewaltsam zur Seite. Dann setzt er die Klinge des Messers unter dessen Ohr an, durchsticht die Haut und gleitet über den Hals, die Schulter und den Arm entlang.

Immer weiter und weiter, bis mir klar wird, was er vorhat.

Er hat Victor nur innere Verletzungen zugefügt. Bis auf die Worte, die er auf dessen Brust verewigt hat, ist diese widerwärtige Hülle unversehrt.

Nachdem Dante einen einzigen, meterlangen Schnitt über Victors Körper gezogen hat, tritt er zurück und legt das Messer beinah andächtig zur Seite, bevor er sich vor den Mann stellt, der mein Leben zerstört hat. »Wir sehen uns wieder«, verspricht er seelenruhig. Dann zieht er Victor bei lebendigem Leib die Haut ab.

Mit einer beängstigenden Faszination sehe ich zu und begreife nun auch, was es mit den Worten auf sich hat. Es ist eine Nachricht an meinen Vater. Dante wird ihm Victors Haut schicken; mitsamt der Botschaft, die er darauf verewigt hat.

Ihr Schweigen für deines.

Eine simple Drohung. Eine Erinnerung daran, dass ich reden werde, falls meine Eltern versuchen sollten, uns etwas anzutun. Weil er wie ich genau weiß, dass ihnen ihr Ruf und ihre Macht wichtiger sind als Vergeltung. Sie werden es nicht wagen, nach Dante und mir zu suchen, weil ich sie mit meinen Worten zu Fall bringen kann. Ihr Schweigen ist ihre Lebensversicherung.

Ich beschließe, dass es gut so ist. Dass sie mit der ewigen Angst leben, ich könnte der ganzen Welt erzählen, was sie getan haben, ist eine viel bessere Strafe für sie als der Tod.

Für Victor war der jedoch die einzige Wahl. Weil weder Dante noch ich unseren Frieden würden finden können, wenn er weiterhin unter den Lebenden weilt.

SIEBZEHN
WINTER

Dante ist vor Stunden gegangen. Ich weiß weder, wie spät es ist, noch wann er wiederkommen wird. Dennoch sitze ich draußen auf den Stufen der Veranda und starre in die Schwärze der Nacht.

Aus dem Stall ist immer mal wieder ein leises Gackern oder das Schnauben eines Pferdes zu hören. Der Mond hat sich hinter einer dicken Wolkendecke versteckt, als wolle er nichts von dem wissen, was heute Nacht geschehen ist, und ein kühler Wind bläst mir eine Haarsträhne ins Gesicht.

Es ist seltsam, so allein und ohne das ungute Gefühl, das mir jahrelang das Atmen erschwerte, dazusitzen. Beinah mein ganzes Leben habe ich mit der ständigen Gewissheit gelebt, dass die nächste Nacht einen weiteren Besuch von Victor oder meinem Vater mit sich bringen kann. Es gab nur wenige Situationen, in denen ich keinen ihrer Besuche fürchten musste, weil Galas, wichtige

Meetings oder andere Termine die beiden so eingenommen haben, dass ich wusste, sie würden danach nicht mehr zu mir kommen. Aber in all den anderen Nächten …

Hier kann ich atmen. Frei und ohne diese Angst, und je länger ich darüber nachdenke, desto enger zieht sich meine Brust zusammen.

Ich werde Dante niemals genug danken können. Was er mir geschenkt hat, ist so unbezahlbar, dass nicht einmal mein Leben und meine Liebe reichen, um die Schuld zu begleichen, die ich ihm gegenüber nun trage.

Und dann sind da noch seine Worte.

Nie habe ich es gewagt, darauf zu hoffen, mich zu verlieben oder gar geliebt zu werden. Ein ‚Ich liebe dich‘ erschien mir immer unerreichbar. Wie etwas, das ich niemals hören würde – und von Dante vermutlich auch nie hören werde. Aber das muss ich auch gar nicht, denn die Worte, die er ausgesprochen hat, waren so viel mächtiger und schöner, als diese vier Silben es jemals sein könnten. Wenn mein Herz vor Glück und Dankbarkeit nicht so angeschwollen wäre, würde ich vermutlich lachen, weil es so unvorstellbar ist, dass dieser Mann, der aus Gewalt, Schmerz und Tod besteht, dazu fähig ist, so etwas zu sagen. So etwas zu empfinden.

»Du wirst krank«, erklingt Robins Stimme hinter mir, bevor sich eine Wolldecke um meine Schultern legt.

Ich habe ihn kommen hören, weswegen ich nicht erschrecke. Stattdessen greife ich nach dem Stoff und wickle ihn um meinen Oberkörper, während Robin sich neben mich auf die Stufe setzt und mir eine Tasse heiße Schokolade hinhält.

Ich nehme sie und bedanke mich, bevor ich das

Getränk an mein Gesicht bringe und den süß-herben Duft einatme.

»Dante killt mich, falls du dich erkältest.«

Ein Schmunzeln schleicht sich auf meine Lippen. »Ich passe auf, dass es nicht so weit kommt«, verspreche ich und sehe dann zu ihm. »Und tut mir leid wegen vorhin. Es war nicht in Ordnung, euch zu hintergehen, nur weil ihr eingeschlafen seid.«

Robin grinst, sieht aber weiterhin nach vorn. »Schon okay.«

Seine hellbraunen Haare sind noch etwas durcheinander, nachdem er auf der Couch eingeschlafen ist. Die geraden, beinah symmetrischen Gesichtszüge heben sich von der Dunkelheit ab, und ich frage mich nicht zum ersten Mal, wie er und Dante zueinander stehen.

»Seid ihr verwandt?«, will ich geradeheraus wissen und nippe dann an der heißen Schokolade.

Er lacht leise auf, schüttelt dabei aber den Kopf. »Dieser Verrückte und ich? Ganz sicher nicht«, antwortet er, bevor er mich ansieht. »Er war nur genau das, was ich gesucht habe.«

Ich runzle die Stirn.

»Er brauchte jemanden, der anpacken kann, und ich einen Job«, erklärt Robin schulterzuckend. »Eine simple Win-Win-Situation.«

»Also seid ihr keine … Freunde?«, frage ich weiter und nehme noch einen Schluck.

»Doch. Natürlich sind wir das. Man kann nicht jahrelang so eng miteinander arbeiten, ohne sich anzufreunden.«

Ich denke über seine Worte nach. Gern würde ich ihm

zustimmen, doch leider kann ich das nicht. Denn ganz egal, wie viel Zeit ich mit den Menschen in meinem Leben verbracht habe, so etwas wie Freundschaft hätte daraus niemals entspringen können.

»Ihr drei habt großes Glück«, entkommt es mir leise.

Robin sagt lange nichts, legt dann aber seine Hand auf mein Knie und drückt leicht zu. »Wir *vier*«, korrigiert er mich ernst. »Wir vier haben großes Glück. Du gehörst jetzt auch dazu, Winter.«

Als ich den Blick hebe und ihn ansehe, betrachtet er mich mit einer Intensität, die mich schwer schlucken lässt. »Danke«, murmle ich und halte dabei Tränen der Rührung zurück. »Für alles.«

Es ist eine Sache, daran zu glauben, dazuzugehören und sich geborgen zu fühlen. Zu glauben, dass man jemanden hat, auf den man sich verlassen kann und der einem nicht schaden will. Der sich sorgt und einen auf eine gewisse Art auch liebt. Aber es ist etwas ganz anderes, wenn es zur Gewissheit wird.

Robin nickt nur und erhebt sich. »Komm«, sagt er und hält mir die Hand hin. »Er wird noch ein paar Stunden brauchen. Du solltest ins Bett gehen.«

Ein seltsames Gefühl weckt mich, woraufhin ich die Lider öffne und mich aufsetze.

Der Mond hat sich doch noch rausgewagt und taucht das Zimmer in silbriges Licht, so dass ich Dante erkenne, der auf einem Sessel in der gegenüberliegenden Ecke sitzt.

Ich will schon aufatmen und ihn zu mir bitten, doch der harte Ausdruck um seine sonst so weichen Lippen und das Glas in seiner Hand lassen mich schweigen. Er starrt mich an, und in dem schwachen Leuchten des Mondes sieht er wie ein Todesengel aus, der jeden Moment die Sense schwingen wird.

»Steh auf und stell dich mit dem Rücken an die Tür. Ich will kein Wort hören.«

Seine Stimme klingt wie fließende Lava. Weich, heiß und absolut tödlich. Sie lässt mich schwer schlucken und zugleich erschaudern, so dass ich mich nicht schnell genug rühre.

»Winter Baby …«

Oh, Shit.

Ich mache, dass ich aus dem Bett komme, und durchquere das Zimmer. Nicht, weil ich vierzehn Jahre lang von Victor darauf trainiert wurde, zu tun, was man mir sagt, sondern weil ich spüre, dass Dantes Zorn kurz davor ist, überzukochen. Was auch immer geschehen ist: Ich sollte nicht riskieren, ihn zu reizen, indem ich mich ihm jetzt entgegenstelle. Ich weiß, dass ich es könnte; dass ich es bereits getan habe und er mir diese Macht zugesteht. Aber gerade scheint ein denkbar schlechter Zeitpunkt zu sein, sich Dantes Willen zu widersetzen.

Er folgt jedem meiner Schritte mit dem Blick und leert dabei den Tumbler. Ich habe keine Ahnung, wie ich es deuten soll, dass er etwas getrunken hat. Bisher hat er keinen Tropfen Alkohol angerührt, aber ich vermute – nein; ich *hoffe* –, dass es wegen des Mordes an Victor ist. Eine Art Feierabendbier; nur ohne Bier und Feierabend. Stattdessen mit Whisky und einem Mord.

Ich wage es nicht, ihn länger anzusehen, als ich mich wie von ihm verlangt mit dem Rücken an die Tür stelle. Das kühle Holz lässt eine Gänsehaut auf meinen Armen erwachen, als ich die Hände dagegen lege. Mein Atem wird unterdessen flacher, weil ich nicht weiß, was mich erwartet. Ich habe keine Angst; es ist schließlich Dante, dessen Blick ich auf mir spüre. Die Aufregung kann ich jedoch nicht niederkämpfen. Denn trotz seiner Worte und dem, was zwischen uns passiert ist, kann ich nicht mit gänzlicher Sicherheit behaupten, die volle Tiefe von Dantes Abgründen zu kennen.

Er erhebt sich und stellt den Whiskytumbler auf der Armlehne des Sessels ab, bevor er mit langsamen, bedachten Schritten zu mir kommt. Mein Blick gleitet wie von selbst nach oben und landet auf seinen dunklen Augen, die in der Nacht so schwarz sind wie das Nichts.

Seine Hand legt sich auf meinen Mund, während er einen letzten Schritt macht und seinen harten Körper gegen meinen presst, wobei er meinen Kopf nach hinten neigt, damit ich ihn weiterhin ansehe. »Ich habe dir etwas versprochen«, sagt er leise und beinah drohend. »Und ich stehe zu meinem Wort.«

Dann sinkt er auf die Knie, lässt seine Hand aber weiterhin an meinem Mund, so dass ich ihm nicht mit dem Blick folgen kann. Die Finger der anderen Hand haken sich unter den Bund meines Slips und zerren ihn meine nackten Beine hinab. Ich will nach Luft schnappen, doch sein Griff ist unnachgiebig und verwehrt es mir, durch den Mund zu atmen, als er meinen rechten Oberschenkel umfasst und ihn über seine Schulter legt. Nur Sekundenbruchteile später landet sein Mund an meiner Mitte.

Dantes Zunge streicht mit einer Härte über mich, die meine Augen nach hinten rollen lässt. Er scheint wie von Sinnen und lässt seinen Ärger an dem kleinen Nervenbündel zwischen meinen Beinen aus, wobei er mich festhält und es mir unmöglich macht, ihm entgegenzukommen oder mich zu entfernen.

Meine Hände liegen weiterhin an der Tür, weil ich es nicht wage, ihn zu berühren. Ein Stöhnen stirbt in meinem Mund, als er seine Hand an der Innenseite meines Oberschenkels entlanggleiten lässt. Höher, immer höher, bis er meine Lippen teilt und zwei Finger in mich schiebt, während er abwechselnd an meinem Kitzler saugt und leicht hineinbeißt.

Ich winde mich, weil seine Berührungen so gnadenlos sind. Dante gibt ein Knurren von sich, versenkt seine Zähne auf beinah schmerzhafte Weise in meiner Schamlippe und schiebt einen weiteren Finger in mich.

»Du solltest mich jetzt nicht reizen, Baby«, murmelt er an meiner Haut. »Ich habe dir gesagt, dass ich dir zeige, was deine Worte mit mir machen. Und das tue ich auch. Aber danach werde ich dir zeigen, was deine *Taten* mit mir machen. Also benimm dich und halt still, damit ich mein Versprechen halten kann.«

Seine Worte hätten sinnlich sein können; vielleicht sogar liebevoll. Doch sie sind mit Raserei und Wahnsinn getränkt. Dante ist fuchsteufelswild, und ich befürchte, dass es damit zusammenhängt, dass ich in den Keller gegangen bin, obwohl er es mir verboten hat. Zugleich ist das Grollen in seiner Stimme wie ein Funke, der in einem Meer aus Treibstoff landet. Jeder meiner Muskeln zieht sich zusammen, während sich seine Finger leicht krümmen, um an eine Stelle in meinem Inneren zu gelangen, die Sterne vor meinen Augen tanzen lässt.

Hätte ich gewusst, wie unglaublich sich drei Finger anfühlen können, wäre ich schon lange nicht mehr am Leben. Das Wissen darum, wie atemberaubend und gut es sein kann, hätte es mich kein weiteres Mal aushalten lassen, Victor in mir zu haben, und so bin ich beinah dankbar dafür, dass ich Dante erst jetzt auf diese Weise spüre.

Tränen rinnen meine Wangen hinab und an Dantes Hand entlang, als die Emotionen durch mich hindurchrasen. Mein Körper zuckt, meine Lunge bekommt nicht genug Sauerstoff, weil Dante mir weiterhin den Mund zuhält, und meine Fingernägel bohren sich in das Holz der Tür.

Gott ... wie ich ihn vermisst habe. Wie sehr ich diesen Teil von Dante vermisst habe, der gnadenlos und hart und so schrecklich von mir besessen ist. Der mich brandmarkt und mein Blut fließen lässt, wie er es jetzt tut, als er den Kopf dreht und in die Innenseite meines Oberschenkels beißt, wobei er mir ein winziges bisschen Bewegungsfreiheit zugesteht, damit ich mich auf seinen Fingern bewegen kann. Wie ich es vermisst habe, die Wärme seiner Haut an meiner zu spüren und seine rau-weiche Stimme zu hören, in der das Versprechen auf eine Zukunft mitschwingt, wobei sie zugleich nach Tod klingt. Wie sehr ich alles an ihm und uns und dem Wahnsinn dazwischen vermisst habe.

Als ich mich um ihn herum verkrampfe, leckt er ein letztes Mal über meine Mitte, bevor er die Finger aus mir zieht. Ich schluchze auf und merke erst jetzt, dass er die

Hand von meinem Mund genommen hat, doch als ich nach Luft schnappen will, steht er abrupt auf, drängt sich wieder gegen mich und schiebt zugleich die Finger seiner anderen Hand in meinen Mund.

»Schmeckst du, wie süß du bist, Winter Baby?« Es ist ein beinah kehliges Murmeln, das meine Sinne nur noch mehr benebelt.

Wie eine Ertrinkende sauge ich meine Lust von seinen Fingern, woraufhin ihm ein zufriedenes Stöhnen entweicht und er sein Becken gegen mich presst.

»Genug«, bestimmt er grollend und entreißt mir seine Hand.

Ehe ich mich versehe, lande ich auf dem Bett und Dante ist über mir. Ich will die Hände heben und sie in sein Haar gleiten lassen, um ihn zu mir nach unten zu ziehen, doch er reagiert schneller und packt meine Unterarme mit einer Hand, um sie über meinem Kopf ins Kissen zu drücken. Mit der anderen öffnet er seinen Gürtel, und nur wenige Augenblicke später zurrt er ihn um meine Gelenke, bevor er ihn um einen Pfosten des Kopfteils schlingt und die Schnalle schließt.

»Du wirst mir jetzt gut zuhören«, befiehlt er und legt seine Hand erneut auf meinen Mund, als ich protestieren will. Nicht, damit er aufhört, sondern weil ich ihn berühren will.

Er beugt sich zu mir nach unten und dreht meinen Kopf gewaltsam zur Seite, um seinen Mund an mein Ohr zu bringen. Ich spüre, wie er mit der Zungenspitze darübergleitet, und erschaudere.

»Ich bin verdammt wütend auf dich«, erklärt er leise.

Beinah hätte ich aufgelacht, wenn sich seine Zähne

nicht so tief in das weiche Fleisch meines Ohrläppchens bohren würden, als wolle er es abbeißen.

»Ich habe mich klar und deutlich ausgedrückt. Du solltest nicht in den Keller kommen«, redet er weiter und schiebt dabei meine Beine auseinander. »Und was machst du?«

Meine Gedanken kommen nicht mehr hinterher. Ich versinke in Lust, Schmerz und Liebe, und so merke ich nicht mal, dass er sich gegen meine geschwollenen Lippen drückt, bis er sich mit einem so kräftigen Stoß in mich rammt, dass ich befürchte, jeden Moment ohnmächtig zu werden.

»Du hörst nicht auf mich, Winter Baby.« Es folgt ein weiterer Stoß, der mir die Sinne raubt und mich zugleich unter Dante zerfließen lässt.

Scheiße … Er ist so wütend. So außer sich. So … *unglaublich.* Ich fürchte, ich werde niemals auf ihn hören, wenn das seine Reaktion auf meinen Ungehorsam ist.

»Ich verstehe, warum du das getan hast.« Die Worte werden von den einnehmenden, gnadenlosen Bewegungen seiner Hüften und seinem abgehackten Atem begleitet. Er hebt den Kopf und sieht mir in die Augen, wobei ich meine kaum noch offen halten kann. »Aber ich muss dir vertrauen können, Winter. Und das kann ich nicht, wenn du nicht auf mich hörst.«

Dantes Hand löst sich von meinem Mund und legt sich mit festem Griff an meine Wange, während sich sein Blick in meinen bohrt. Schweiß tropft von seiner Schläfe auf mein Gesicht. Der Stoff seines Hemdes reibt über die nackte Haut an meinem Bauch, weil mein Shirt hochgerutscht ist. Der Gürtel zerrt bei jedem Ruck, der durch meinen Körper geht, an meinen Handgelenken. Alles ist zu viel. Zu heftig. Zu intensiv. Aber ich bekomme dennoch nicht genug. Ich werde nie genug von Dante bekommen, und so hebe ich den Kopf und will ihn küssen, aber er lässt es nicht zu.

»Du musst auf mich hören, Baby«, murmelt er heiser und streicht dann mit der Zunge über meine Unterlippe, woraufhin mir ein Stöhnen entkommt. »Sonst kann ich dich nie wieder aus den Augen lassen. Verstehst du das?«

Ich wage es nicht, etwas zu erwidern. Ich hätte auch gar keinen Atem für Worte, weil Dante mich so sehr einnimmt. Weil jeder weitere Stoß mich kopfloser macht und näher an den Abgrund treibt und uns zugleich noch mehr zusammenschweißt. Weil das hier wir sind – Dante und Winter –, und ich nicht mal weiß, was die richtige Antwort ist. Weil ich nicht weiß, ob er wirklich will, dass ich auf ihn höre, oder ob er es wie ich genießt, unseren Konflikt auf diese Art auszutragen.

Der anrollende Orgasmus erlaubt es mir nicht, meine Augen weiterhin geöffnet zu lassen, und als Dantes Lippen endlich auf meinen landen und er seine Wut an meinem Mund entlädt, lasse ich mich von ihm davontragen und vergesse alles, was er gesagt und ich getan habe.

ACHTZEHN
DANTE

Mein Zorn lodert noch in mir, doch Winters zuckender Körper und mein eigener Höhepunkt lassen ihn in den Hintergrund rücken.

Mit rasendem Herzen und zitternden Muskeln hauche ich einen letzten Kuss auf ihre weichen Lippen, während sie noch im Nichts schwebt. Anschließend löse ich mich von ihr und öffne die Schnalle des Gürtels, um ihre Hände zu befreien. Mich neben sie legend drehe ihren erschöpften Körper auf die Seite und massiere ihre Handgelenke.

Winter hat die Augen weiterhin geschlossen, und so nutze ich das fahle Licht der aufkommenden Dämmerung, um sie zu bewundern und den Moment zu genießen. Denn obwohl ich wütend auf sie bin, weil sie in diesen gottverdammten Keller gekommen ist und dabei zugesehen hat, wie ich Victor gehäutet habe, ist dies vermutlich einer der friedlichsten Momente meines Lebens.

Ja, da draußen lauern Gefahren. Da sind noch immer

Menschen, die mich für das, was ich getan habe, bezahlen lassen wollen. Aber Winter ist dennoch endlich frei. Sie ist frei und bei mir, und ich kann mir nicht vorstellen, dass es irgendetwas auf diesem Planeten gibt, das mich glücklicher machen könnte.

Dieser Abschaum wird ihr nie wieder ein Haar krümmen, und die Drohung, die ich vor Stunden in Form seiner Haut auf dem Fußabtreter der Symons' abgelegt habe, wird deren Lippen versiegeln. Sie werden es nicht wagen, über den Unfall oder Winters erneutes Verschwinden zu reden. Ebenso wenig, wie sie uns suchen werden.

Samuel Symons ist ein machthungriger Mann und wird seinen neuen Titel nicht riskieren, um Rache zu üben. So skrupellos wir beide auch sein mögen: er ist ein Feigling. Wenn er es nicht wäre, hätte er Winter eigenhändig umgebracht, anstatt mich für die Drecksarbeit anzuheuern. Und Feline … Um sie mache ich mir keine Sorgen. Sie ist zu sehr mit sich und ihrer Karriere beschäftigt, als dass sie auch nur einen Gedanken an ihre Tochter verschwenden würde. Für sie zählt nur, dass sie der hellste Stern am Hollywood-Himmel ist. Alles andere ist ihr egal.

Winter seufzt leise und rutscht näher zu mir, als sie wieder bei Sinnen ist. Ich lasse ihre Handgelenke los, woraufhin sie ihre Finger zwischen den Knöpfen meines Hemdes hindurch schiebt und meine nackte Brust berührt, während ich meine Arme um sie schlinge.

»Ich kann nicht sagen, dass es mir leidtut«, murmelt sie schläfrig, woraufhin ich ein Kopfschütteln unterdrücke und sie enger an mich presse.

»Manchmal frage ich mich, wer von uns beiden das gefährlichere Monster ist.« Ich flüstere die Worte in ihr

Haar und lege dann meine Lippen daran, bevor ich weiter-spreche. »Aber ich würde ruhiger schlafen, wenn du wenigstens versuchst, auf mich zu hören, Winter.«

»Hm …« Sie brummt kaum hörbar und legt ihr Bein über meines. Ich spüre unsere Nässe durch den Stoff meiner Hose hindurch an meinem Oberschenkel und schiebe mich regelrecht gegen sie, weil es sich so gut anfühlt.

»Vielleicht versuche ich es.«

Draußen wird es langsam hell. Der erste Tag ohne Victor bricht an, und ich frage mich, wie sich Winter dabei fühlt, wage es jedoch nicht, die Worte auszusprechen. Statt-dessen küsse ich ein weiteres Mal ihr Haar und inhaliere ihren süßen Duft. »Ich habe etwas für dich.«

»Ein Geschenk?«

»M-hm.«

Sie windet sich in meiner Umarmung und sieht zu mir auf. Einen Atemzug lang glaube ich, dass es ein Fehler war, weil ich an das letzte *Geschenk* denken muss, das Winter bekommen hat. Doch als sie mich anschaut, strahlen ihre Augen beinah freudig und ihre schönen Lippen verziehen sich zu einem Lächeln.

»Was ist es?«, will sie wissen und zieht ihre Finger aus meinem Hemd, um sie an mein Gesicht zu legen.

»Lass mich aufstehen, dann zeige ich es dir.«

Augenblicklich gibt ihr Bein meines frei und sie rollt sich auf den Rücken, wobei sie mich fast schon aufgeregt ansieht.

Ich kann mein Schmunzeln nicht verbergen, als ich mich erhebe und meine Hose schließe, um zu dem Sessel zu gehen, den ich schon vor Tagen aus meinem Arbeitszimmer geholt habe. Ich sollte ihn hier stehenlassen. Er macht sich gut in diesem Raum und gibt mir die Möglichkeit, Winter beim Schlafen zu beobachten, ohne sie zu wecken.

Als ich bei dem Möbelstück angelangt bin, bücke ich mich und hole die hölzerne Kiste dahinter hervor, um sie zu Winter zu bringen. Sie hat sich inzwischen aufgesetzt und die Decke um ihren Körper gewickelt. Die dunklen Haare fallen ihr über die Schultern und sind von meinem Wutausbruch etwas wirr. Die Wangen sind gerötet, die Lippen geschwollen. Und ihre Augen … *Verflucht.* Ihre Augen strahlen greller als alle Sterne der Galaxie. Ich muss mich konzentrieren, um nicht das Gleichgewicht zu verlieren und erneut vor ihr auf den Knien zu landen, weil sie so anbetungswürdig aussieht.

Am Bett angelangt schalte ich die Nachttischlampe an und setze mich seitlich auf die Kante der Matratze. »Du wirst sie nicht ohne mich benutzen.«

Winters Blick fliegt hoch und findet meinen, wobei sie die Stirn runzelt und den Kopf schief legt.

»Zumindest nicht gleich.«

»Du machst mir Angst«, sagt sie und knabbert dann an ihrer Unterlippe.

Nun bin ich es, der den Kopf zur Seite neigt. »Ich dachte, du hast keine Angst vor mir.«

»Jetzt gib schon her!«

Ich reiche ihr die Kiste. Winter legt sie zwischen uns ab und streicht mit den Fingern über die Kanten. Das schwarze Holz ist edel, verrät jedoch nichts über den Inhalt. In einem Anflug von Normalität hätte ich ihr die Kiste beinah wieder weggenommen und sie raten lassen, was sich darin befindet. Einfach nur, um ein wenig Leichtigkeit und Spaß zu empfinden. Doch ich will sie nicht weiter auf die Folter spannen, also deute ich ein Nicken an.

»Öffne sie.«

Winters Finger finden die kleine Schließe aus Silber und lassen sie aufschnappen. Dann hebt sie den Deckel langsam an, wobei sich ihre Augen kurz weiten, bevor ihre Mundwinkel zucken. »Ich hätte es mir eigentlich denken können«, scherzt sie.

»Hättest du«, stimme ich ihr zu und beobachte, wie sie den Deckel ganz umklappt und den Inhalt betrachtet.

»Wann hast du sie gekauft?«

Meine Hand hebt sich wie von selbst und streicht ihre Haare nach hinten, damit ich die ganze Vollkommenheit ihres Gesichts bewundern kann, weil dieser Moment etwas so Besonderes ist. Es ist das erste Geschenk, das nicht mit bösen Absichten oder kranken Hintergedanken beschmutzt ist, und ich will keine von Winters Regungen verpassen.

»Heute Nacht«, antworte ich beinah abwesend.

Sie sieht auf. »Heute Nacht? Gibt es einen Drive-In für sowas?«

Mein Mundwinkel hebt sich. »Nein. Ich kenne nur die richtigen Leute und habe überzeugende Argumente.«

»Sie ist weiß!«

»Und?«

Winter schüttelt den Kopf. »Sowas kauft man nicht mal eben mitten in der Nacht. Das ist eine Sonderanfertigung, Dante. Ich bin nicht blöd, wei–«

Mein Finger bringt sie zum Schweigen, als ich ihn an ihre Lippen lege. »Ist das wichtig?«

Sie macht einen Schmollmund, lenkt dann aber ein. »Nein«, murmelt sie an meinem Finger und will mit ihrer Zunge darüber lecken, doch ich ziehe ihn vorher zurück, weil ich sie sonst direkt wieder um meinen Schwanz spüren muss.

»Hol sie raus, Baby.«

Ihre Finger strecken sich, zucken zurück, strecken sich erneut. »Ich habe noch nie …«

»Sie ist nicht geladen. Es kann nichts passieren.«

Endlich berührt sie das harte Metall der Springfield Hellcat, die ich tatsächlich schon vor zwei Tagen in Auftrag gegeben habe. Die Waffe ist mit ihren sechs Zoll Länge und der exzellenten Ergonomie extrem beliebt und fasst bis zu fünfzehn Schuss. Dank ihrer geringen Größe ist sie wie für Winter gemacht. Lediglich die Farbe passte nicht, weswegen ich sie kurzerhand weiß beschichten ließ. Die Pistole wirkt dadurch beinah surreal, sieht zugleich jedoch anmutig und auf eine verdrehte Art noch gefährlicher aus.

»Gefällt sie dir?«, frage ich, weil Winter seit Minuten nichts gesagt hat. Stattdessen dreht und wendet sie die Waffe, um sie von allen Seiten zu betrachten und jedes Detail zu erfassen.

Dann hebt sie den Blick und sieht mich geradeheraus an. »Sie ist wunderschön. Aber ich habe keine Ahnung, wie man sie benutzt.«

Erleichterung durchströmt mich, als ich mich seitlich auf das Bett sinken lasse, um mich mit dem Ellenbogen abzustützen. Dabei ist es mir egal, dass ich vor nicht einmal zwölf Stunden einen Mann getötet und Winter anschließend beinah um den Verstand gefickt habe, weil ich wegen ihres Vertrauensmissbrauchs so wütend auf sie war. Ich habe es aufgegeben, zu hinterfragen, wie wahnsinnig ich bin. Erst recht, wenn es um Winter geht.

»Ich bringe es dir bei«, verspreche ich. »Im Keller gibt es einen Schießstand.«

Winter schüttelt den Kopf und blickt zurück auf die Hellcat. »Wieso wundert mich das nicht«, murmelt sie kaum hörbar, bevor sie mich wieder ansieht. »Wann können wir anfangen?«

Weil ich nicht weiß, wie ich das, was ihre Worte in mir auslösen, erklären soll, nehme ich ihr die Pistole ab, lege sie in die Kiste und stelle diese dann auf den Nachttisch. »Nachdem ich gefrühstückt habe«, erkläre ich mit kratziger Stimme.

Winter sieht mich verwirrt an, doch anstatt ihr eine Erklärung zu liefern, packe ich ihre Hüften, hebe sie hoch und setze sie so über mich, dass ich meine Zunge augenblicklich in ihr versenken kann.

NEUNZEHN
DANTE

Winter ist nicht nur stark und tapfer, sie ist auch ehrgeizig. Und fucking stur.

»Vergiss es«, wiederhole ich grollend, während ich meine Krawatte binde. »Das Risiko ist zu groß.«

Sie steht im Durchgang zum Bad und erwidert meinen Blick im Spiegel. Dabei hat sie die Arme vor der Brust verschränkt und funkelt mich beinah wütend an. »Er ist zu feige, um etwas zu versuchen. Bisher hat er es schließlich auch nicht getan.«

Ich hasse es, dass sie recht hat. Seit gut sechs Wochen ist sie nun wieder hier, und von ihrem Vater haben wir kein Sterbenswörtchen gehört. Es scheint, als hätte er meine Drohung verstanden, doch wirklich beruhigen kann mich das nicht. Erst recht nicht, wenn Winter auf Ideen kommt, die sie ihr Leben kosten könnten, falls ihr Vater es sich anders überlegt.

»Du wirst keine PR machen und Spenden für die Tiere sammeln. Das geht zu weit, Winter.« Ich drehe mich um und überprüfe nochmals das Schulterholster, bevor ich die Anzugjacke anziehe.

Winter hebt entschlossen das Kinn. »Ich bin immer noch die Tochter des Senators. Wieso sollen wir das nicht ausnutzen? Zudem weißt du ganz genau, dass er gerade bei solchen Galas nichts riskieren kann. Es wäre zu gefährlich.«

Mit einem Grollen massiere ich mir die Schläfe.

»Vor allem, nachdem du den Job nicht ausgeführt hast. Er wird es nicht wagen, noch mal jemanden anzuheuern, nachdem das mit uns passiert ist.«

Fuck. Was sie sagt, stimmt. Samuel würde dieses Risiko nicht eingehen. Er mag ein herzloser, verabscheuungswürdiger Mensch sein, aber er ist auch ein Geschäftsmann. Und wir haben einen Deal mit ihm gemacht, der ihm um die Ohren fliegt, falls er ihn bricht. Er ist nicht so dumm, zu glauben, wir hätten uns nicht abgesichert. Denn das haben wir. Oder besser gesagt, ich.

Sollte Winter oder mir etwas zustoßen, wird der alte Symons augenblicklich den Haien zum Fraß vorgeworfen, was ihm mehr als bewusst ist.

Ich schließe die Knöpfe meines Anzugs und gehe zu Winter. Sie sieht aus ihren wolkenblauen Puppenaugen zu mir auf, wobei eine Härte in ihren Iriden steht, die mich erschaudern lassen würde, wenn ich es zuließe. Ganz egal, was ich sage – sie wird sich nicht von dieser Idee abbringen lassen. Sie wird so lange mit mir in den Krieg ziehen, bis ich nachgebe und ihr erlaube, eine gottverdammte Wohltätigkeitsgala für die Tiere zu organisieren, weil sie mehr tun will als nur bei der Arbeit auf der Farm zu helfen. Und wir alle wissen, dass ich einknicken werde. Weil ich ihr nichts abschlagen kann. Weil ich ihre Marionette bin und sie nur oft genug an meinen Fäden zupfen muss, bis ich genau das tue, was sie will.

Damit sie nicht begreift, wie groß ihre Macht über mich tatsächlich ist, lege ich meine Hand um ihren schlanken Hals und neige ihren Kopf etwas weiter nach hinten. Augenblicklich wollen die Blitze in ihren Iriden aufflackern, doch Winter kämpft sie nieder, weil sie zu stur ist, um sich von ihrem Willen abbringen zu lassen.

»Ich muss jetzt los, Baby«, sage ich leise und lecke dann mit der Zunge über ihre Unterlippe, bevor ich sie zwischen die Zähne ziehe und leicht zubeiße. »Du wirst dich benehmen und keine Pläne schmieden, solange ich weg bin. Haben wir uns verstanden?«

Sie schafft es nicht, das leise Stöhnen zu unterdrücken, hält meinem Blick aber stand. »Diese Diskussion ist noch nicht beendet, Dante.«

Die Härte in ihrer Stimme lässt meinen Schwanz zucken. Ich werfe einen Blick auf meine Armbanduhr, bevor ich den Griff um Winters Hals verstärke, so dass sie nach Luft schnappt. Dabei schiebe ich meine andere Hand unter den Bund ihrer Hose und finde sofort den Punkt zwischen ihren Schenkeln, der das Einzige ist, worüber *ich* die Macht habe.

Winters Beine beginnen zu beben, als ich mit dem Daumen über das kleine Nervenbündel streiche und dabei meinen Mittelfinger in sie gleiten lasse. Ihre feuchte

Wärme empfängt mich mit einem Krampf, als ich meine Lippen an ihr Ohr bringe und sie erschaudert. »Was soll ich nur mit dir machen, Winter Baby?«, murmle ich und krümme meinen Finger leicht, wobei ich den Druck meines Daumens verstärke. »Du weißt genau, dass ich bei dir kein Risiko eingehen kann.«

Ihr Körper lehnt mittlerweile am Türrahmen. Als ich mich etwas von ihr entferne, um in ihr Gesicht blicken zu können, hat sie die Augen geschlossen. Ihre Lippen sind hingegen leicht geöffnet, der Atem geht flach und beinah keuchend, obwohl sie noch immer versucht, es zu verbergen. Dabei sieht sie so unbeschreiblich schön aus, dass ich gedanklich fluche, weil ich keine Zeit habe, mich jetzt in ihr zu verlieren.

»Du könntest darauf vertrauen, dass es gut geht«, bringt sie mit bebender Stimme hervor.

»Mhh … Ich könnte dich auch einfach einsperren, damit ich mir keine Gedanken mehr darüber machen muss, dass du irgendwas anstellst«, erwidere ich. »Du machst es mir nämlich wirklich nicht leicht, darauf zu vertrauen, dass du dich benimmst.«

Ich beschleunige die Bewegungen meiner Finger. Ihre Nässe läuft an meiner Handfläche entlang, und ich löse den Griff um ihren Hals, um meine Finger an ihre Wange zu legen und mit dem Daumen über ihre Unterlippe zu gleiten, bevor ich mich wieder zu ihr beuge und sie küsse.

Mit spürbarem Widerwillen löst sie ihre verschränkten Arme und führt ihre Hände in meinen Nacken, um sich an mir festzuhalten. Ich spüre, wie sie sich erneut verkrampft, und streife diesen besonderen Punkt in ihr, von dem ich weiß, dass er sie an den Rand des Wahnsinns bringt.

Ihr Körper ist mir inzwischen so vertraut, dass ich jede Regung deuten und ihn spielen kann wie ein Instrument. Noch zehn Sekunden. Ein sanfter Biss in ihre Unterlippe und etwas mehr Druck in ihrem Inneren, dann wird sie kommen. Ich spüre es genau, und ich genieße jeden Augenblick davon. Genieße es, wie sich ihre Fingernägel in meinen Nacken bohren. Wie ihr Becken leicht zuckt und dieses absolut göttliche Wimmern aus ihrer Kehle dringt. Wie sie an meinem Mund nach Luft schnappt, sie dann anhält, und jeder Muskel in ihr sich zusammenzieht, bis sie mit einem erlösenden Stöhnen und einem letzten Aufbäumen an meiner Hand zerspringt.

Als das Beben abebbt, zieht sie meinen Kopf zu sich nach unten und legt ihre Lippen an mein Ohr. »Wenn du nicht willst, dass wir streiten, solltest du nicht *sowas* tun, sobald es dazu kommt«, haucht sie beinah triumphierend, wobei ihre Stimme noch etwas schwach klingt und sie nach Atem ringt.

Ich ziehe den Finger aus ihr und führe ihn an meinen Mund, um ihre süße Lust abzulecken. »Leg es nicht drauf an«, warne ich sie anschließend. »Sonst bringe ich es das nächste Mal vielleicht nicht zu Ende.«

Mit diesen Worten löse ich ihre Hände von meinem Nacken und entferne mich von ihr. Sie hebt die Lider und sieht mich mit einer Mischung aus Schock und Wut an, bevor ich mich umdrehe und gehe.

»Benimm dich einfach, Baby.«

Vierzig Minuten später habe ich noch immer Winters warmen, betörenden Duft in der Nase, als ich das Büro meines Bauleiters betrete. Er will meine Wünsche für das neue Stallgebäude noch mal mit mir durchgehen, und so sehr ich es auch hasse, dass ich Winter dafür allein lassen muss, ist es dennoch notwendig. Meine Gedanken sind jedoch noch bei ihr, und vermutlich ist genau das der Grund dafür, dass ich nichts gemerkt habe, bis es zu spät ist.

»Schön, Sie endlich kennenzulernen, Dante«, sagt ein Anzugträger, der schon fünf Meilen gegen den Wind nach FBI stinkt. »Oder sollte ich vielleicht besser *Matteo* sagen?«

Ein etwa fünfzehn Jahre älterer Detective mit einem schrecklich geschmacklosen Schnäuzer sieht mich mit einem Funkeln in den Augen an, das unterstreicht, wie sehr es ihn freut, mich zu sehen. Seine Kollegin hat einen ähnlich triumphierenden Gesichtsausdruck aufgelegt.

Mir ist nicht entgangen, dass das FBI seit Jahren versucht, die Mörder gewisser Persönlichkeiten zu schnappen, ohne zu wissen, dass es nur einen einzigen Killer gibt. Und es sieht ganz danach aus, als hätte jemand gesungen, denn das Funkeln seiner Augen wird von dem glänzenden Metall einer Waffe begleitet, die er auf mich richtet.

Mein Bauleiter sitzt mit hochgezogenen Schultern auf seinem Schreibtischstuhl und meidet meinen Blick. Er ist nur Mittel zum Zweck gewesen. Der Köder, der mich in die Falle locken sollte und es letztendlich auch getan hat.

»Gehen Sie sich doch einen Kaffee holen«, sage ich daher zu ihm und deute ein Lächeln an, als er endlich zu mir hochschaut. Er ist sichtlich nervös, und ganz egal, wie diese Sache hier gleich ausgeht: Ich befürchte, dass ich einen neuen Bauleiter finden muss, da er vermutlich nicht mehr für mich arbeiten will.

Sofort rappelt er sich auf und flüchtet aus seinem Büro.

Ich wende mich den Detectives zu, die sich zu beiden Seiten der Tür postiert haben und mich wachsam mustern. »Was kann ich für Sie tun?«

Der FBI-Agent reckt sein Kinn. »Ich denke, das wissen Sie ganz genau.«

ZWANZIG
WINTER

Mir ist bewusst, dass mein Vorschlag, Spendengalas zu veranstalten, Risiken birgt, aber ich bin es leid. Ich bin es *so leid*, meinem Vater auch nur ein Quantum mehr Macht über mich zu geben. Er hat mich mein Leben lang gequält. Erst mit seinem Hass, dann mit der Gleichgültigkeit und zuletzt mit seiner Gier. Neunzehn verdammte Jahre lang.

Er wird keinen einzigen Tag mehr von mir bekommen.

Ich habe mir in den letzten Wochen beinah ununterbrochen Gedanken darüber gemacht, was und vor allem wie ich es tun könnte. Und obwohl es durchaus einige Punkte gibt, die problematisch werden könnten – beispielsweise Dantes Wirkung in der Öffentlichkeit und was er bisher zu sein vorgab –, kann ich die Idee nicht verwerfen. Sie ist wie ein Funke, der sich in mir entzündet hat und den ich nicht erlöschen lassen kann und will. Beinah so wie das Leben, das Dante mir mit seiner Beharrlichkeit eingehaucht hat.

Inzwischen habe ich mir eine Geschichte zurechtgelegt,

die das Volk lieben wird. Noch bezweifle ich zwar, dass Dante damit einverstanden ist, aber auch das wird –

»Winter!«

Robins Stimme dröhnt vom Eingangsbereich bis ins Büro, wo ich an Dantes Laptop nach Locations suche. Nur wenige Sekunden später betritt er den Raum, wobei er sein Handy in der Hand hält und einen Gesichtsausdruck aufgelegt hat, der mein Herz für einen Moment stillstehen lässt.

»Dante wurde verhaftet.«

Ich will ihn darum bitten, die Worte zu wiederholen, da ich sie nicht glauben kann. Ich muss mich verhört haben. Oder er sich versprochen. Dante kann nicht verhaftet worden sein. Er hatte doch nur einen Termin wegen des neuen Stalls! Aber mir versagt die Stimme, während sich ein riesiger Knoten in meinem Hals bildet.

Robin greift nach meinem Oberarm. Wie ferngesteuert lasse ich mich von ihm aus dem Büro, die Treppe hinab und durch den Keller führen, bis wir in der Tiefgarage ankommen, während mein Kopf versucht, zu begreifen, was passiert ist. Erst, als er an einen von Dantes Wagen tritt und die Tür öffnet, schaffe ich es, einen klaren Gedanken zu fassen.

»Wieso wurde er verhaftet?«, will ich aufgebracht wissen.

Robin sieht mich ernst an. »Wieso wohl?«

Ich schüttle den Kopf. »Nein. Dante ist zu vor–«

»Es ist passiert, Winter«, unterbricht er mich. »Das ist kein Scherz. Sie haben ihn irgendwie aufgespürt.«

Ich befreie mich aus seinem Griff und mache einen Schritt zurück. »Wie? Niemand weiß, wer er ist!«

Mit deutlicher Ungeduld schüttelt nun auch Robin den Kopf. Es ist schrecklich ungewohnt, ihn so zu sehen, weil er immer der Ruhepol in unserer kleinen Familie ist. Doch jetzt ist er angespannt und wirkt beinah panisch. »Das tut nichts zur Sache. Ich muss dich wegbringen.«

»Hat er dir das aufgetragen? Hat Dante gesagt, dass du mich wegbringen sollst?«

Wieso frage ich überhaupt? Natürlich hat er das. Dante lässt nichts unüberlegt. Es würde mich nicht mal wundern, wenn Robin einen mehrseitigen Katastrophenplan aus dem Ärmel schüttelt, in dem Dante ganz genau festgelegt hat, was in welcher Situation zu tun ist. Vor allem, was *mit mir* zu tun ist.

»Ich gehe nirgendwo hin, bevor ich nicht mit ihm gesprochen habe«, bestimme ich und straffe dabei die Schultern, obwohl ich genau weiß, dass mein Wunsch naiv ist.

Robin reibt sich über die Stirn und verzieht dabei das Gesicht. »Das ist gerade *etwas* schlecht. Er sitzt in U-Haft. Es ist nicht so, als könnten wir ihn jederzeit anrufen.«

Frustriert fahre ich mir mit den Fingern durch die Haare und wende mich ab, um in der Garage hin und her zu gehen. Ich erlaube mir nicht, in Panik zu verfallen, obwohl alles in mir genau das tun möchte. Aber jetzt kopflos zu werden, wäre fatal. Ich muss meine Gedanken sortieren, während alles in mir in tausend Teile zersplittern will, weil das hier einfach nicht passieren darf.

»Steig in den Wagen«, bittet Robin und sieht mich eindringlich an, als ich zu ihm schaue.

»Nein. Ich werde nicht weglaufen«, mache ich deutlich. »Es ist mir egal, was Dante dir aufgetragen hat. Ich gehöre hierher. Und ich kann ihm nicht helfen, wenn ich davonlaufe.«

Robin lässt die Tür des Wagens los und kommt auf mich zu, um seine Hände an meine Oberarme zu legen und mich beschwörend anzusehen. »Du kannst ihm *überhaupt nicht* helfen, Winter. Er wurde *verhaftet*.«

Ich habe Robin noch nie so aufgebracht und verzweifelt gesehen. In seinen Augen steht die gleiche Angst, die auch in mir hochkochen will, und macht deutlich, wie schlecht es steht.

»Weißt du, wie viele Morde er begangen hat?«

Ich lege den Kopf schief. »Weißt *du* es?«, kontere ich herausfordernd, woraufhin Robin den Blick abwendet, mich loslässt und leise flucht.

Plötzlich kommt Amanda in die Garage gestürmt. Sie wirkt genauso gehetzt wie Robin, weshalb ich davon ausgehe, dass sie bereits weiß, was passiert ist. Zu meiner Angst gesellt sich Ärger, weil ich als Letzte erfahre, dass Dante verhaftet wurde. Das sollte nicht so sein. Er gehört mir, also muss ich die Erste sein, die solche Dinge weiß, verdammt!

»Ihr solltet längst weg sein«, ruft Amanda aufgebracht und sieht zwischen Robin und mir hin und her. »Wieso seid ihr noch hier?«

Ich entferne mich ein paar Schritte von den beiden, wobei ich Robins Blick erwidere. Er fleht mich mit den Augen an, endlich in den Wagen zu steigen, doch diesen Gefallen werde ich ihm nicht tun.

»Wage es nicht, mich von hier wegzubringen«, warne ich ihn ernst. »Und du auch nicht, Amanda. Ich bleibe. Ich bleibe hier und lasse mir etwas einfallen.«

Nun flucht Amanda, während Robin kopfschüttelnd etwas murmelt, das ich nicht verstehe, bevor er mich wieder ansieht. »Dir ist klar, dass er uns alle dafür einen Kopf kürzer macht, oder?«

»Falsch«, widerspreche ich und straffe die Schultern, weil es nun an mir ist, für Dante in den Krieg zu ziehen. »Er wird *euch* einen Kopf kürzer machen, wenn ihr mir nicht helft.«

Robins Augen weiten sich für einen Moment, bevor er zu erkennen scheint, dass er mich nicht umstimmen kann. Er sieht die Entschlossenheit und vermutlich auch die Wut, die in mir aufsteigt. Denn ich bin *verdammt* wütend. Auf Dante. Weil er sich in diese Situation gebracht hat. Weil seine Taten der Grund dafür sind, dass er nun verhaftet wurde und nie wieder einen Schritt in Freiheit machen wird, wenn uns nichts einfällt, um ihn da rauszuholen.

Dass es heuchlerisch von mir ist, wegen dem, was uns zusammengebracht hat, wütend auf ihn zu sein, ist mir egal. Denn wenn Dante im Knast landet – und das wird er, falls wir nichts unternehmen –, geht es nicht nur um mich. Es geht vor allem um das, was er hier aufgebaut hat. Es geht um das, wofür er sein Leben geben würde. Die Tiere brauchen ihn. Robin braucht ihn. Selbst Amanda braucht ihn, auch wenn sie es vermutlich nie zugeben würde. Es ist mir also egal, was Dante den beiden befohlen hat oder wie aussichtslos es sein mag: Ich muss und werde alles dafür tun, um ihn zu retten, so wie er mich gerettet hat. Weil ich es ihm schuldig bin. Und weil ich ihn auch brauche.

Amanda verzieht den Mund zu einem fast schon beeindruckten Grinsen und pfeift dabei leise durch die Zähne, bevor sie sich abwendet und durch den Keller zurück ins

Haus geht. Robin hält unterdessen meinem Blick stand, bis er nachgibt und beinah wütend die Wagentür zuwirft.

»Erzähl mir alles«, weise ich ihn an, als ich mich umdrehe und den Keller ansteuere. »Jedes Wort, das er gesagt hat. Ich muss alles wissen.«

»Bist du sicher, dass das alles ist? Nur der Computer, der Laptop und das Tablet?«

Ich starre auf den Bildschirm von Dantes PC, während ich noch ziellos durch die vielen Dateien scrolle. Robin läuft hinter mir auf und ab und macht mich damit nur noch nervöser, aber ich verkneife es mir, ihm zu sagen, dass er sich hinsetzen soll.

»Ich glaube schon«, antwortet er, bevor er sich endlich in den Sessel fallen lässt und die Ellenbogen auf den Knien abstützt. »Aber das Tablet sollte sauber sein.«

Davon bin ich schon ausgegangen. Auch den Laptop scheint Dante lediglich für legale Dinge genutzt zu haben. Aber der Computer, an dem ich sitze …

Auf den zwei Festplatten wimmelt es nur so von Beweismitteln, wenn man versteht, was die vielen Namen, Orte und Zahlen bedeuten, die Dante neben unzähligen Dokumenten darauf zusammengetragen hat.

»Wir müssen das löschen«, murmle ich geistesabwesend und öffne den nächsten Dateipfad. »Stintson? Der Präsident Stintson?«

Robin gibt ein freudloses Lachen von sich. »Ja. Ein interessanter Auftraggeber.«

Verdammt, Dante …

Das alles ist noch viel schlimmer, als ich befürchtet habe. Es geht nicht nur um die Morde, die er begangen hat. Wenn diese Informationen in die falschen Hände geraten, ist Dante im Gefängnis beinah am Sichersten. Wobei diese Menschen Mittel und Wege finden würden, um ihm selbst dort zu schaden oder ihn gar umbringen zu lassen …

Nein. Ich darf nicht daran denken. So weit werde ich es nicht kommen lassen.

Ohne weiter nachzudenken und mich zu fragen, was wohl Dantes Konsequenzen sein werden, beginne ich damit, die ersten Dateien zu löschen.

»Was tust du da?«, will Robin wissen und steht wieder auf, um sich hinter mich zu stellen.

»Die Morde verschwinden lassen. Früher oder später werden sie mit einem Durchsuchungsbefehl hier auftauchen«, erkläre ich. »Bis dahin muss alles, was ihn belasten kann, vernichtet werden.«

Robin schweigt einige Sekunden, bevor er weiterspricht. »Wieso zerstören wir die Platten nicht einfach oder löschen alles?«

Ich schüttle den Kopf. »Zu offensichtlich. Es würde auffallen, wenn der Computer leer ist. Wir dürfen nur das Beweismaterial löschen.«

»Und wie –«

Ich drehe den Kopf und sehe ihn an. »Wie viel hat Dante dir von mir erzählt?«

Das warme Braun seiner Iriden sieht auf mich hinab. »Nicht viel.«

Den Blick wieder nach vorn richtend hole ich tief Luft. »Meine Eltern hassen mich. Das haben sie schon immer getan«, beginne ich. »Ich war ein Unfall, den sie für ihre Zwecke genutzt haben. Die junge aufstrebende Schauspielerin, die schwanger ist, war die Nachricht schlechthin. Nach außen hin haben sie die liebenden Eltern gespielt, aber zu Hause ... Sagen wir, ich war immer auf mich gestellt. Wenn ich ein Problem hatte, musste ich es selbst lösen. Dazu gehörten auch solch banale Dinge wie das Bedienen eines Computers.«

Robin erwidert nichts, aber das habe ich auch nicht erwartet. Er ist nicht gerade das, was man einen redseligen Menschen nennt. Stattdessen sieht er mir dabei zu, wie ich mich durch die unzähligen Ordnerstrukturen kämpfe und nach und nach lösche, was ich als gefährlich ansehe.

»Du solltest dich um die Waffen kümmern«, schlage ich irgendwann vor. »Zumindest die Schusswaffen müssen verschwinden.«

Als ich zu ihm aufsehe, nickt Robin, bevor er geht und ich mich ganz in den Abgründen von Dantes Taten verliere.

Neben Ordnern zu Robin und Amanda finde ich auch einen, der meinen Namen trägt, wage es aber nicht, ihn zu löschen. Mir anzusehen, was Dante darin gespeichert hat, traue ich mir allerdings nicht zu. Doch mit jeder Minute, die vergeht, kribbelt die Angst in meinem Nacken immer mehr.

»Es wird nicht reichen«, gestehe ich mir irgendwann selbst ein.

Diese Dateien zu löschen, wird ihm womöglich nicht helfen. Wir wissen nicht, ob das wirklich alles ist. Weder

Amanda noch Robin können mit Sicherheit sagen, ob Dante irgendwelche Sicherungskopien angefertigt hat. Sobald es einen Durchsuchungsbefehl gibt – und den *wird* es geben, dessen bin ich mir sicher –, werden sie etwas finden. Sie werden jeden verfluchten Stein auf den unzähligen Hektar hier umdrehen, bis sie etwas haben, das sie gegen ihn verwenden können.

Und dann sind da noch die Geldeingänge auf den Konten, die sich nicht einfach löschen lassen …

Meine Hände fallen in meinen Schoß, während ich weiter auf den Bildschirm starre und sich meine Eingeweide zusammenziehen.

Amanda und Robin sind weggefahren, um die Pistolen und Gewehre verschwinden zu lassen, aber es wird verdammt noch mal nicht reichen.

Nach einer Zeit, die ich nicht beziffern kann, greife ich wieder nach der Computermaus und gehe zurück zu dem Verzeichnis, das meinen Namen trägt. Mit den Dateitypen und Dokumentennamen, die Dante verwendet, bin ich inzwischen vertraut, daher erkenne ich auf den ersten Blick, was in meinem Ordner liegt.

Der Schriftverkehr; die Daten des Auftrages; der Preis für den Mord; eine Beschreibung der Zielperson. Was fehlt, ist ein Foto von mir. Stattdessen finde ich neben einem Video weitere Dateien, die nicht in Dantes Schema passen.

Mit rasendem Herzen sehe ich mir das Video und alles andere an, bis mir eine Idee kommt, die so wahnwitzig und gefährlich ist, dass Übelkeit in mir aufkommen will. Aber egal, wie ich es drehe und wende, es ist der beste Plan, den wir haben. Der einzige Weg, um Dante da rauszuholen, weil sie ihn drankriegen werden. Allein die

Waffen … Dieser Verrückte hat vermutlich noch mehr als das, was er im Keller lagert. Und die Kriminologen haben ein endloses Repertoire an Methoden, um jemanden eines Mordes zu überführen. Selbst wenn Dante schweigt: früher oder später werden sie hier auftauchen und alles auseinandernehmen, bis sie finden, was sie brauchen, um ihn bis an sein Lebensende wegzusperren.

Aber das hier … Das, was Dante in diesem Ordner mit diesem schrecklichen Namen gespeichert hat … Damit kann ich ihn retten, wenn ich es wage. Und das muss ich.

Abrupt stehe ich auf und gehe nach draußen. Amanda und Robin kommen mir im Eingangsbereich entgegen, was mich fast schon erleichtert aufatmen lässt.

»Ich brauche eine Kamera. Ein Smartphone. Irgendwas, womit ihr mich filmen könnt. Und einen Pfarrer«, weise ich sie an. »*Jetzt*.«

EINUNDZWANZIG
DANTE

Reden ist Silber, Schweigen ist Gold.

Wem auch immer dieser Mist eingefallen ist – er hatte verdammt recht.

Detective Karl Emerald und seine Kollegin Stephanie Miller sind sichtlich genervt. Um genau zu sein, kochen sie innerlich, und ich warte nur auf den Moment, in dem sie die Kamera ausschalten und mich *richtig* befragen. Dabei verkneife ich mir ein diabolisches Grinsen, weil selbst die höchst umstrittenen, verbotenen und dennoch weiterhin praktizierten Methoden bei mir ohne Erfolg sein würden. Ich wurde zu lange von meinem Vater tyrannisiert, als dass sie mich mit Worten mürbe machen könnten. Und alles andere würde ich ohnehin nicht spüren.

Ein junger Agent betritt nach einmaligem Anklopfen den Verhörraum und wirft einen kurzen Blick auf mich, bevor er zu den beiden Detectives sieht. »Seine Anwältin ist am Telefon«, erklärt er knapp.

Da ich keine Anwältin habe, muss es Amanda sein, doch ich lasse mir nichts anmerken. Stattdessen sehe ich in das wutrote Gesicht von Karl und hebe eine Augenbraue. Dabei macht sich Unruhe in mir breit, da ich befürchte, dass Winter etwas passiert sein könnte. Ich habe den beiden zwar klargemacht, dass sie sie wegbringen sollen, aber seit dem kurzen Gespräch mit Robin sind nur ein paar Stunden vergangen. Die Fahrt zum Safehouse dauert definitiv länger.

Karl ist kurz davor, zu explodieren, weswegen Stephanie einschreitet. »Ich bringe ihn rüber«, beschließt sie und erhebt sich, um ein Nicken in Richtung der Tür anzudeuten.

Ich stehe ebenfalls auf und folge ihr, bis wir an einem Schreibtisch ankommen und sie einen abgelegten Telefonhörer in die Hand nimmt, um ihn mir zu reichen. Anschließend setzt sie sich wortlos auf den Stuhl und mustert mich.

»Ja?«, frage ich neutral, damit Stephanie keinen Verdacht schöpft, und muss meine Gesichtszüge augenblicklich noch mehr versteinern.

»Ich bin's«, erklingt Winters Stimme aus dem Hörer und lässt mir das Blut in den Adern gefrieren. »Wir arbeiten daran, Sie rauszuholen.«

Ich will sie umbringen und gleichzeitig flachlegen.

Wie kann sie es wagen? Was fällt ihr ein, mich hier rausholen zu wollen? Sie sollte irgendwo in Kanada sein und sich verstecken, anstatt beim FBI anzurufen und sich als meine Anwältin auszugeben! Winter kann verflucht froh sein, dass sie so klug ist, dieses Schauspiel aufzuziehen. Andernfalls hätte ich innerhalb von sechs Sekunden die acht Agents, die sich in diesem Büro befinden, mit

Millers Dienstwaffe erschossen, um hier rauszuspazieren und ihr unmissverständlich klarzumachen, was ich davon halte, dass sie nicht auf mich hört.

»Ich denke nicht, dass das nötig sein wird«, erwidere ich ruhig, wobei ich einen Hauch meiner Wut in meine Stimme lege, damit Winter die Drohung versteht.

»Doch, Dante. Das ist es«, fährt sie mich fast schon zornig an. »Verweigern Sie die Aussage und lassen Sie mich meine Arbeit machen.«

Dann legt sie auf.

Gottverdammt, Winter!

Sie hat etwas vor. Ich habe keine Ahnung, was, aber sie hat etwas vor und es wird gefährlich. Es kann gar nicht anders sein, denn das hier ist nichts, was man mit einem netten Briefchen oder einem Gespräch bei einer Tasse Tee klären könnte. Und ich kann absolut nichts dagegen tun, weil ich ihren nächsten Schritt nicht kenne und sie in Gefahr bringen könnte, wenn ich jetzt Amok laufe.

ZWEIUNDZWANZIG
WINTER

Obwohl Amanda und Robin dagegen waren, konnte ich sie davon überzeugen, die letzten Meter mit einem Taxi zu fahren. Ich kann nicht riskieren, dass sie noch mehr in Gefahr geraten, weswegen ich nun ganz allein vor dem riesigen Glaskasten stehe, der mein Sarg hätte sein sollen.

Die abendliche Sonne bricht sich auf den glänzenden Oberflächen und blendet mich mit ihrem satten Orange, während ich tief durchatme und mich umsehe. Mein Blick schweift zu dem Hügel, auf dem Dante lag, als er mich durch das Visier seines Scharfschützengewehrs das erste Mal gesehen hat. Nicht, dass ich das zu diesem Zeitpunkt wusste; er hat es mir erzählt.

Kurz nachdem er mich zurückgeholt hat, wollte ich ganz genau wissen, wie diese Nacht, in der er mich töten sollte, für ihn war. Ich wollte wissen, was er dachte und gefühlt hat. Ob er Angst hatte oder wütend gewesen ist.

Ob es ihm leichtgefallen wäre, den Abzug doch zu betätigen.

»*Winter Baby ... In diesem Augenblick abzudrücken, wäre das Schwerste gewesen, was ich je getan hätte*«, murmelt er und streift meine Lippen dann mit seinen, wobei er kleine Wassertropfen auf meiner Haut verteilt.

Wir sind im Keller, wo er ein paar Bahnen in dem zwanzig Meter langen Becken geschwommen ist, an das ein kleiner Whirlpool angrenzt, auf dessen Rand ich sitze. Meine nackten Beine hängen im Wasser, während Dante zwischen meinen Schenkeln steht und ich mir schwer damit tue, nicht unentwegt den unzähligen Tropfen dabei zuzusehen, wie sie an seinen ausgeprägten Muskeln hinablaufen.

»Ich hatte nur noch einen Gedanken: Sie muss leben. Und wenn es das Letzte ist, was ich tue – ich werde nicht zulassen, dass sie stirbt.«

»*Hattest du Angst?*«, frage ich leise und streiche mit den Fingerspitzen immer wieder über den leichten Bartschatten an seiner Wange. Mein Blick ist dabei auf seine im diffusen Licht beinah schwarzen Augen gerichtet, während Dante mir unentwegt auf die Lippen starrt, als würden die Antworten auf sämtliche Fragen an ihnen haften.

Er neigt den Kopf und streift mit seiner Nasenspitze über meine Haut, bevor er einen Kuss darauf haucht. »Eine Scheißangst.«

»*Wovor?*«

Meinen Blick erwidernd entfernt er sich etwas von mir. »Davor, dass ich es nicht schaffe«, antwortet er geradeheraus. »Dass ich nicht rechtzeitig bei dir bin, um dir die verdammte

Klinge abzunehmen, und du vor meinen Augen verblutest. Dass du in meinen Armen stirbst und ich dich nicht retten kann.«

Seine Worte lassen mich schwer schlucken. Ich stelle nicht infrage, wieso er nach nur einem Blick auf mich bereits so empfunden hat. Nicht, nachdem ich weiß, was allein seine Stimme mit mir gemacht hat. Beim Gedanken daran, wie es war, als er die ersten Worte aussprach, läuft es mir noch heute heiß-kalt den Rücken runter.

Manchmal braucht es keine Erklärung. Man muss nicht immer verstehen, wieso die Dinge so sind, wie sie sind. Erst recht nicht, wenn es um Gefühle geht. Sie stellen keine Fragen, also sollten wir das auch nicht tun.

»Lass uns nicht mehr darüber reden«, entscheidet Dante und streicht mit seinen Händen an den Außenseiten meiner Ober-schenkel nach oben, bis ich seine Finger an meiner Hüfte spüre. Mit Leichtigkeit hebt er mich vom Beckenrand und zieht mich ins warme Wasser des Whirlpools.

Instinktiv lege ich meine Arme um seinen Hals und gebe ein leises Seufzen von mir, als mein Unterleib an seinem entlang-gleitet und mein Rücken sich gegen den Rand des Pools drückt. Dantes Blick wandert an mir hinab und wird lodernd, als er an meinen Brüsten hängenbleibt. Das cremefarbene Shirt, das ich trage, gibt nun vermutlich mehr preis, als es verdeckt, und Dantes Finger, der hauchzart über meine Brustwarze streicht, bestätigt meinen Verdacht. Dann sieht er wieder zu mir auf und legt die Hände an den Saum des Shirts, bevor er jedoch innehält und mich beinah fragend ansieht.

»Was ist?«, will ich nach ein paar Herzschlägen wissen, weil ich nicht verstehe, wieso er nicht weitermacht.

Seine Stimme klingt plötzlich rau und belegt, als er antwor-tet. »Darf ich das ausziehen?«

Mein Atem stockt.

Dante schluckt hörbar, und als ich den Griff um seinen Hals etwas verstärke, glaube ich sogar, zu spüren, dass sich sein Puls merklich beschleunigt. »Ich will dich lieben, Winter. So, wie du es verdienst. Wie es sein sollte. Und wenn es nur dieses eine Mal ist.«

Mein Innerstes zieht sich schmerzhaft zusammen, wobei mir augenblicklich Tränen in die Augen schießen. Nicht aus Angst oder weil ich einen Flashback habe, sondern wegen Dante. Weil ich genau weiß, wie wichtig das für ihn ist. Weil er gut zu mir sein will. Sanft und zart und liebevoll. Und weil ich das endlich zulassen kann. Dank ihm.

Da ich kein einziges Wort herausbekomme, nicke ich nur und löse meinen Griff, damit er mir das Kleidungsstück über den Kopf ziehen kann. Er ist dabei so vorsichtig, dass ich fast aufschluchze, weil es mir das Herz bricht. Zu wissen, was ich ihm bedeute, und zu fühlen, wie es wirklich sein kann, lässt eine Welle der Empfindungen in mir anwachsen, die mich völlig unerwartet trifft und jeden Moment über mich hereinbrechen wird. Glück, Dankbarkeit und Liebe sind dabei nur ein Bruchteil dessen, was mir die Luft zum Atmen raubt, als Dantes Hände federleicht über meine Arme streichen und sein Blick beinah ehrfürchtig über mich gleitet.

»Ich wünschte, ich hätte dich früher gefunden«, sagt er leise und fährt dabei mit den Fingerspitzen die Konturen meiner Brust nach. Seine andere Hand legt sich sachte an meine Wange, bevor er sich zu mir beugt und mich auf eine Art küsst, die alles in mir zum Schmelzen bringt.

Dante wird nie die Worte ‚Ich liebe dich' aussprechen, aber dieser Kuss … Das vorsichtige Ertasten meiner Lippen; der fast schon zaghafte Stups seiner Zungenspitze, der eine Bitte um

Erlaubnis ist; das kaum hörbare Seufzen, als ich meinen Mund für ihn öffne ... All das schreit diese drei Worte. Sie liegen in jeder Berührung. Mit jeder Bewegung, die sein Mund an meinem vollführt, wiederholt er sie immer wieder.

Ein Zungenstreichen über meine Oberlippe. Ich liebe dich. *Ein keuscher Kuss.* Ich liebe dich. *Ein zurückhaltendes Knabbern an meiner Unterlippe.* Ich liebe dich.

Immer mehr Tränen der Rührung treten aus meinen Augen und werden von Dantes Lippen aufgefangen, während er mich wieder hochhebt und vorsichtig auf dem Beckenrand absetzt. Meine Finger verfangen sich in seinem nassen Haar, und ich schließe die Augen, als er eine Spur aus abertausend kleinen Küssen auf meinem Gesicht, meinem Hals und meinem Schlüsselbein verteilt. Liebevoll streifen seine Lippen meine Brüste und lassen mich erneut erschaudern, als er seine Reise fortführt und letztendlich vor mir im Whirlpool kniet. Seine Hände gleiten ein weiteres Mal an den Außenseiten meiner Oberschenkel entlang und bescheren mir eine Gänsehaut, die selbst das warme Wasser an meinen Beinen nicht vertreiben kann.

Als ich meine schweren Lider wieder hebe und die Tränen wegblinzle, sieht er zu mir auf und bittet mich erneut stumm um Erlaubnis.

Ich deute ein Nicken an, während ich ihm eine Strähne seiner Haare aus der Stirn streiche. Das leise Plätschern des Wassers ist das einzige Geräusch, das den großen Raum erfüllt, als er an meinen Slip greift. Ich stütze mich mit den Händen am Beckenrand ab, damit er ihn mir ausziehen kann, und sitze wenige Sekunden später nackt vor Dante.

Sein Blick ... Ich kann mir nicht vorstellen, dass jemals ein Mensch einen anderen so angesehen hat. Das dunkle Braun seiner Augen ist voller Zuneigung, Ehrfurcht und Leidenschaft und lässt mein Herz zum wiederholten Mal aussetzen. Er nimmt sich alle Zeit der Welt, um mich einfach nur zu betrachten, als wolle er jeden Quadratzentimeter meiner Haut für die Ewigkeit festhalten.

Weil meine Geduld am Ende ist, greife ich nach seiner Wange und zwinge ihn mit leichtem Druck dazu, mir in die Augen zu sehen. Ich lege mein Verlangen in meinen Blick und beuge mich zu ihm nach unten, um meine Lippen an seine zu bringen. Er glüht förmlich, doch als ich versuche, den Kuss zu vertiefen, weicht er zurück und legt seinen Mund stattdessen an die Innenseite meines linken Oberschenkels.

Ich lasse meine Finger wieder in seine Haare gleiten und erfühle die weichen Strähnen, während Dante sich langsam an meiner Haut entlang küsst, bis er an meiner Mitte angelangt ist. Seine Hände umfassen zaghaft meine Schenkel, und ich spreize sie augenblicklich weiter, weil ich weiß, dass er es nicht wagen wird, das gewaltsam zu tun.

Als er seine Lippen endlich an meine Haut legt, ist es eine kaum spürbare Berührung. Dennoch kann ich den lustvollen Laut, der aus meiner Kehle dringt, nicht aufhalten. Dante foltert mich mit beinah unschuldigen Küssen, zaghaftem Saugen und Zungenschlägen, die so langsam und zart sind, dass ich kurz davor bin, den Verstand zu verlieren. Immer wieder hauche ich seinen Namen, bis er sich von mir löst und aufsteht. Das Wasser rinnt an seiner gebräunten Haut hinab, doch bevor ich die Chance habe, den Tropfen mit den Fingerspitzen zu folgen oder sie gar abzulecken, schiebt er einen Arm unter meine Kniekehlen und legt den anderen an meinen Rücken, um mich hochzuheben.

Ich schlinge meine Arme um seinen Hals und bette den Kopf an seiner Schulter, während er aus dem Pool steigt und zu einer der drei Liegen geht, die am Rand des Schwimmbeckens stehen.

Beinah andächtig legt er mich auf der gepolsterten Oberfläche ab und küsst mich wieder, als könnte er so all das Schlechte auslöschen, was das Leben bisher für mich bereitgehalten hat.

Ich öffne meine zusammengekniffenen Augen und sehe auf das Haus meiner Eltern. Jetzt ist nicht der richtige Zeitpunkt, um in der Erinnerung an diesen Moment zu versinken, in dem Dante mir gezeigt, wie wunderschön Zärtlichkeit sein kann. Ich brauche einen klaren Kopf, wenn ich mich in diese Schlangengrube wage, sonst werden sie mich bei lebendigem Leib verschlingen.

Ein letztes Mal durchatmend straffe ich die Schultern und gehe auf die ebenfalls gläserne Haustür zu. Noch bevor ich sie erreiche, wird sie von innen geöffnet und mein Vater schaut auf mich herab. In seinem Blick steht der Hass, den er auf mich hat, doch er sagt kein Wort.

»Du bist mir etwas schuldig«, beginne ich ohne Umschweife und ziehe dabei meinen dünnen Parka aus, damit er die Waffe sieht, die in einem Gürtelholster an meiner Hüfte befestigt ist. Es ist die Hellcat, die Dante mir geschenkt hat. Sie hebt sich mit ihrer weißen Lackierung deutlich von der schwarzen, eng anliegenden Jeans ab, die sich wie eine Rüstung anfühlt. Ebenso wie das schwarze Longsleeve und die gleichfarbigen Schnürboots, die ich ausgewählt habe. Es sind Dantes Farben, die ich trage, weil ich für ihn kämpfe und mich meinem ärgsten Widersacher stelle, um ihn zu retten.

Beim Klang meiner Stimme weiten sich die Augen meines Vaters für einen winzigen Moment, bevor sein Blick kurz zu der Pistole fliegt, wobei er jedoch unbeeindruckt bleibt. Doch ich kenne ihn gut genug, um zu wissen, dass es in seinem Inneren brodelt und er abwägt, was er tun soll.

»Willst du deine Tochter nicht reinbitten, *Dad*?« Ich lege eine Süße in meine Stimme, die tödlich und Samuel Symons so fremd ist, dass ihn nun doch ein leichtes Zucken verrät. »Wir können es auch gern hier draußen besprechen.«

Er spannt die Kiefer an, bevor er sich kaum merklich umsieht und dann die Arme ausbreitet, weil er wie ich weiß, dass selbst hier und jetzt Augen auf uns gerichtet sein könnten.

Ich pflastere mir ein falsches Lächeln auf die Lippen, als ich die letzten Meter gehe, die mich von ihm trennen. Meine Eingeweide brennen vor Abscheu, aber ich muss das hier tun, um Dante zu helfen, also trete ich an meinen Vater heran und erwidere die kalte, hasserfüllte Umarmung, die er mir zugesteht. Dabei halte ich die Klinge des kleinen Dolches, den ich in meinem Ärmel verborgen hatte, an seinen Nacken, um das Folgende zu unterstreichen.

»Wenn ich dieses Haus nicht in spätestens dreißig Minuten lebend verlasse, wirst du es bereuen«, flüstere ich mit kalter Stimme. Er soll gar nicht erst denken, dass ich unvorbereitet hergekommen bin.

»Du warst der größte Fehler meines Lebens.« Mit diesen Worten lässt er mich los und tritt einen Schritt zur Seite, um mich reinzulassen.

Mit hoch erhobenem Haupt betrete ich meine persönliche Hölle, um meinem Vater in sein Arbeitszimmer zu folgen. Er nimmt auf seinem ledernen Sessel Platz und sieht mich voller Zorn an, während ich mich auf der anderen Seite des Schreibtisches positioniere, ohne mich jedoch zu setzen. Stattdessen greife ich in die Tasche meiner Jeans und hole einen USB-Stick heraus, den ich mit der flachen Hand auf die spiegelglatte hölzerne Oberfläche des Tisches lege und dann zu ihm schiebe.

»Schließ ihn an«, befehle ich tonlos.

Das Gesicht meines Vaters nimmt allmählich eine rötliche Farbe an, doch als ich meine Hand locker an das Holster lege und einen Schritt zurücktrete, greift er widerwillig nach dem Stick. Wenige Sekunden später dringt meine eigene Stimme aus den Lautsprechern seines Computers, während sein Blick auf den Bildschirm gerichtet ist und er mit angespannten Gesichtszügen das Video ansieht, das wir aufgenommen haben.

Als meine Stimme verstummt, sieht mein Vater weiterhin auf den Monitor, obwohl ich weiß, dass er nur noch auf Schwarz blickt.

»Es ist ganz einfach«, beginne ich und stütze mich mit den Händen auf dem Tisch ab, wobei ich mich nicht zu weit vorbeuge, um weiterhin über meinem Vater zu stehen. »Sollte ich erneut vermisst werden, wird dieses Video an jeden Sender geschickt, den die USA zu bieten hat. Und du solltest mir glauben, wenn ich dir sage, dass eine Menge Beweise gegen dich vorliegen, die dann ebenfalls an die Öffentlichkeit geraten.«

So wie das Video, welches ich auf Dantes Festplatte gefunden habe. Es enthält ein vollständiges Geständnis des Arztes, der vor sechs Jahren die Hysterektomie an mir durchgeführt hat. Inklusive der Belege für die getätigte Zahlung und einem kurzen, aber eindrucksvollen Brief, in dem mein Vater nochmals deutlich macht, was er von Verrätern hält.

»Alle werden wissen, was du getan hast. Also hör mir jetzt ganz genau zu.«

Sein Blick löst sich vom Bildschirm und landet auf mir, wobei es nun unverhohlene Wut ist, die in seinem Gesicht steht.

»Dante wurde verhaftet. Und du wirst ihn da rausholen«, erkläre ich. »Du wirst deine Beziehungen spielen und alles verschwinden lassen, was es über ihn zu wissen gibt. Es ist mir scheißegal, wie du das anstellst oder was es dich kostet. Als kleinen Bonus darfst du das Ganze als eine Wohltat deinerseits benutzen.« Ich richte mich wieder auf und straffe die Schultern. »Du – der mächtige, von allen geliebte Samuel Symons – rettest den Ehemann deiner Tochter, weil er zu unrecht verhaftet wurde.«

Wie erwartet zucken die Augen meines Vaters. Sein Blick landet auf meiner linken Hand, an der ein Ring meine Worte unterstreicht.

Dante hatte auf seinem Computer nicht nur Unmengen an belastendem Material, sondern auch eine stattliche Sammlung an Kontakten. Glücklicherweise beauftragte er meist Robin damit, neue Papiere für diejenigen zu beschaffen, die er nicht ermordete, daher wusste der schnell, wer Dante und mich zu rechtlich anerkannten Eheleuten machen konnte. Es brauchte nur ein paar Anrufe und zwei Stunden, und ich wurde zu Misses November Deluca. Ein weiteres Telefonat und wir erhielten ein paar Fotoaufnahmen unserer kleinen, spontanen Hochzeit. Alle unecht und von einer überaus talentierten Grafikerin angefertigt, aber die Medien schluckten sie umgehend.

»Geh auf die Webseite des *Houston Chronicles*«, sage ich im Plauderton und wende mich ab, um mich endlich auf einen der Sessel zu setzen, weil das Adrenalin in meinem Blut langsam abebbt und meine Beine zu zittern beginnen.

Das Klappern der Tastatur geht einer Stille voraus, während der sich das Gesicht meines Vaters immer dunkler färbt. Für gewöhnlich hat er sich gut unter Kontrolle, doch die Erpressung durch seine eigene Tochter scheint ihn so aus der Fassung zu bringen, dass ihm sein Zorn nun deutlich anzusehen ist. Er klickt sich durch die neusten Meldungen auf der Homepage der Tageszeitung, unter denen bereits ein Bericht über die plötzliche Hochzeit der Senatorentochter ist, und überfliegt den dazugehörigen Artikel.

»Es wird nicht lange dauern, bis sie anfangen, zu suchen, und herausfinden, dass er verhaftet wurde. Und ich bin gern dazu bereit, ein ausführliches Interview zu geben, sobald es dazu kommt.« Ich verflechte meine Finger miteinander und lege sie betont locker auf meinem übergeschlagenen Bein ab, während ich den Blick meines Vaters erwidere, der nun wieder auf mir liegt. »Es interessiert mich nicht, was für eine Geschichte du dir einfallen lässt. Du wirst ihn da rausholen. Danach sind wir quitt. Aber solltest du auch nur ein einziges Mal versuchen, uns zu schaden …« Ich erhebe mich wieder und ziehe meinen Parka an, um an den Schreibtisch zu treten, den USB-Stick aus dem Hub zu ziehen und ihn in die Höhe zu halten. »Dann geht das hier viral.«

Den Stick einsteckend sehe ich auf den Mann hinab, der mich mein Leben lang gehasst hat, und warte auf seine Reaktion.

»Mein Schweigen gegen deins«, erinnere ich ihn und lege den Kopf etwas schräg, ohne auch nur einmal zu blinzeln. »Du solltest also anfangen, zu telefonieren. Ich gebe dir drei Stunden. Wenn er bis dahin nicht draußen ist, werde ich reden.«

Nach einer gefühlten Ewigkeit wendet er den Blick ab und verflucht mich dabei leise. »Ich hätte auf Victor hören und es ihn tun lassen sollen«, murmelt er und greift nach seinem Telefon.

»Hättest du«, stimme ich ihm mit ruhiger Stimme zu. »Du hättest aber auch einfach *gar nichts* tun können. Denn nicht ich war dein größter Fehler. Es war Dante.« Ich knote den Gürtel des Parkas zu. »Ich wollte mich in dieser Nacht umbringen.«

Mein Vater hält inne und sieht zu mir auf.

»Dante hat mich davon abgehalten. Wenn du ihn nicht engagiert hättest, wäre ich längst tot.«

Für einen Augenblick entgleiten ihm die Gesichtszüge, als er realisiert, dass sich sein Problem von selbst in Luft aufgelöst hätte, wenn er untätig geblieben wäre.

»Drei Stunden.« Mit diesen Worten drehe ich mich um und verlasse sein Arbeitszimmer und dieses Haus und schwöre mir, es nie wieder zu betreten.

DREIUNDZWANZIG
DANTE

Emeralds Gesicht ist fast lila, als er mir meine Waffen zurückgibt und mir anschließend die Tür öffnet. Ich erwarte schon, dass jeden Augenblick Dampf aus seinen Ohren kommt, so wütend ist er. Aber wenn der Boss vom Boss sagt, dass die Staatsanwaltschaft die sofortige Freilassung angeordnet und sämtliche Unterlagen angefordert hat, bleibt ihm keine andere Wahl. Er muss mich gehen lassen, obwohl er ganz genau weiß, dass er einen Killer zurück in die Freiheit entlässt.

Einzig meine bodenlose Wut auf Winter, Amanda und Robin verhindert, dass ich ihm ein Grinsen schenke, als ich meine Anzugjacke zuknöpfe und in das Taxi steige, das für mich gerufen wurde, damit ich zu meinem Auto fahren kann. Dass Winter nicht tatenlos herumsitzen wollte, kann ich noch irgendwie schlucken. Aber dass meine langjährigen Freunde sich mir widersetzt und sie nicht aufgehalten haben ... Wenn sie mir nicht so wichtig wären, würden sie dafür bluten, dass sie Winter in Gefahr gebracht haben.

Kurz nachdem sie wieder bei mir war, stellte ich eine Sache klar: Was auch immer passiert – Winter sollte von den beiden außer Landes gebracht und beschützt werden, sobald sich Ärger anbahnt. Koste es, was es wolle. Und gegen ihren Willen, wenn es sein muss. Doch wie es scheint, waren meine Anweisungen nicht deutlich genug.

Nachdem ich dem Taxifahrer die Adresse genannt habe, hole ich mein Handy raus und wähle Robins Nummer. Zu seinem Glück nimmt er sofort ab, doch ich lasse ihn nicht zu Wort kommen.

»Wo ist sie?«, frage ich leise und grollend, während ich die Finger meiner anderen Hand immer wieder zur Faust balle.

»Zuhause.«

»Ich werde in einer Stunde da sein«, erkläre ich drohend. »Und ich will weder dich noch Amanda sehen, hast du mich verstanden? Wir reden morgen.«

Beinah sehe ich vor meinem geistigen Auge, wie Robin das Gesicht verzieht. »Ja.«

Er weiß, dass ich verdammt wütend auf ihn bin. Und das ist auch gut so. Ich bin mir sicher, dass Winter bei all dem die treibende Kraft gewesen ist und die beiden überredet hat. Aber das ändert nichts daran, dass sie sich haben überreden lassen. Und das war nicht Teil der Abmachung.

Die Nacht liegt schwer und wolkenverhangen über allem, als ich in die Tiefgarage fahre. Der Wagen, mit dem Winter hätte weggebracht werden sollen, steht noch genauso da wie heute morgen. Sie ist also vermutlich nicht mal eingestiegen, was mich nur noch rasender macht.

Mit angespannten Muskeln gehe ich durch den Keller und dann nach oben. Als meine Schritte auf dem schwarzen Marmor erklingen, höre ich eine Bewegung aus dem Wohnzimmer. Nur einen Augenblick später taucht Winter auf. Sie hält im Durchgang inne und atmet sichtlich erleichtert auf, doch dann verhärtet sich ihre Miene und sie kommt mir entgegen. Dabei sieht sie mit der schwarzen, eng anliegenden Kleidung wie eine Spionin aus. Oder wie ein Killer, wenn man die Wut miteinbezieht, die in ihren Augen auflodert, als sie vor mir stehen bleibt und ausholt.

Ich fange ihren Arm in der Luft ab und halte ihr Handgelenk fest, weil es nicht nur sinnlos wäre, mich zu schlagen, sondern auch völlig unangebracht.

»Was fällt dir eigentlich ein?«, zischt sie aufgebracht. »Wie kannst du es wagen, dich verhaften zu lassen? Das muss aufhören!«

Ich dränge sie gegen die Kommode, die hinter ihr im Flur steht. »Was muss aufhören?«

Für einen Sekundenbruchteil verzieht sie das Gesicht, als ihr Steißbein gegen die Kante des Möbelstücks stößt und ich mich etwas nach vorn beuge, so dass sie den Rücken durchbiegen muss. Dabei packe ich mit einer schnellen Bewegung auch ihr anderes Handgelenk und bringe ihre Arme hinter sie, um sie mit einer Hand zu umfassen.

»Die Morde«, keucht sie und versucht, wieder eine zornige Miene aufzusetzen.

»Mhh …« Ich lege den Kopf etwas schief und lasse meinen Blick über ihr Gesicht und an ihrem Hals entlangwandern, bis er von dem schwarzen Stoff ihres Oberteils gestört wird. »Ich habe längst aufgehört, Winter Baby«, flüstere ich mit tödlicher Ruhe. »Seit Victor habe ich niemanden mehr getötet.«

Als ich wieder in ihre Augen blicke, weiten sie sich leicht. Ich verstärke meinen Griff um ihre Handgelenke, was sie nach Luft schnappen lässt. Dabei greife ich mit der anderen Hand an meine Gürtelschnalle und löse sie, um den Gürtel aus den Schlaufen zu ziehen und sie damit zu fesseln. »Und jetzt reden wir über das, was *du* getan hast, anstatt darüber, was ich *nicht* mehr tue.«

Bevor sie reagieren kann, fege ich mit einer Handbewegung die unzähligen Schlüssel für die Häuser, den Stall und die Fahrzeuge von der Kommode. Anschließend packe ich Winter an der Hüfte und drehe sie um. Ihr Oberkörper landet mit einem dumpfen Krachen auf der Kommode, während ich meine Hand in ihren Nacken gleiten lasse und mich über sie beuge, um meine Lippen an ihr Ohr zu bringen. »Was hast du getan?«, will ich kaum hörbar wissen und hole dabei das Messer aus dem Holster, das an meinem Unterschenkel befestigt ist.

Winter versucht, sich zu winden, doch ich pinne sie mit meinem Körper gegen das Holz, wohlwissend, dass ihre Gegenwehr aus Wut entspringt, nicht aus Widerwillen.

»Offensichtlich das Richtige«, erwidert sie beinah trotzig, was meine Hose augenblicklich noch enger werden lässt.

Ein missmutiges Brummen dringt aus meiner Kehle, als ich mein Becken an ihrem Hintern reibe und nach dem Kragen ihres Oberteils greife. »Falsche Antwort.« Mit einem kräftigen Ruck reiße ich den Stoff auf, so dass die helle Haut ihres nackten Rückens zum Vorschein kommt. Den BH, den sie ausnahmsweise trägt, zerschneide ich kurzerhand, und einige Schnitte später fallen die beiden Kleidungsstücke beinah lautlos zu Boden.

»Also noch mal: Was zum Teufel hast du getan, Baby?«

Sie stöhnt frustriert und zugleich wütend auf, bevor sie für einen Moment stillhält und den Kopf so dreht, dass sie zu mir aufsehen kann. »Ich habe meinen Vater erpresst, damit er dich rausholt.«

Wenn ich Schmerzen spüren könnte, würde ich mich vermutlich auf dem Boden krümmen, so sehr zieht sich mein Innerstes beim Gedanken daran, dass sie auch nur mit ihm geredet hat, zusammen.

Wortlos und für einen Augenblick unfähig, mich zu bewegen, starre ich in ihre wolkenblauen Augen und frage mich, womit ich das verdient habe. Womit ich es verdient habe, dass sie das für mich getan hat und mich damit zugleich an den Rand des Wahnsinns treibt.

»Davor habe ich dich geheiratet, also überleg dir gut, was du mit deiner Ehefrau machst«, fügt sie nun selbst mit tödlicher Ruhe an, wobei ein Funkeln in ihre Augen tritt, das dem der Sterne in nichts nachsteht. »Für deinen Ring hat die Zeit nicht mehr gereicht, aber das können wir sicher nachholen, *Darling*.«

Verdammte. Scheiße.

Das kann einfach nicht wahr sein. Ist ihr eigentlich klar, was das bedeutet?

Ist *mir* klar, was es bedeutet?

Mein Kopf ist wie leergefegt. Zugleich rasen die Gedanken nur so, weil es mir unbegreiflich ist, wie sie das tun konnte. Weil ich noch nicht verstehe, *wieso* sie das getan hat. Es war zweifellos ein Teil ihres Plans, um mich aus der Untersuchungshaft zu holen, aber es ändert nichts daran, dass sie sich damit an mich gebunden hat.

Winter ist nicht mehr einfach nur Mein. Sie ist jetzt *meine Frau*. Und das ist unglaublich. Es macht Dinge mit mir, die ich nie für möglich gehalten hätte. Mich durchströmen Emotionen, die so mächtig sind, dass sie mir beinah den Boden unter den Füßen wegreißen.

Wir sind *verheiratet*.

Das Blitzen an ihrer linken Hand bestätigt es, doch mir wird augenblicklich klar, dass es nicht reicht. Es ist nicht genug, dass sie einen Ring am Finger trägt. Ich brauche *mehr*.

Nie habe ich mir Gedanken darüber gemacht, eine Familie zu haben. Denn die, die ich einst hatte, wurde zerstört. Zuletzt sogar von mir selbst. Aber dass Winter das getan hat … Dass sie uns beide zu einer Familie gemacht und mir damit etwas geschenkt hat, von dem ich nicht gedacht hätte, dass ich es jemals wieder haben würde … Das überschreitet alles, was ich mir in meinen kühnsten und abartigsten Träumen hätte ausmalen können.

»Du hast *was*?«, frage ich, als ich endlich wieder Herr meiner Zunge bin, weil ich es nicht glauben kann.

Winter schafft es sogar in ihrer misslichen Lage, das Kinn zu recken und mich mit einem Grinsen anzusehen, das mir Angst macht. »Die Urkunde liegt auf deinem Schreibtisch. Ich bin jetzt Misses Deluca. Leider noch November, aber das können wir ein andermal korrigieren.«

Ich weiß nicht, ob ich sie vor Wut oder Unglaube küsse, aber nur einen Wimpernschlag später krachen meine

Lippen gegen ihre. Sie seufzt beinah zufrieden auf, als ich meine Zunge in ihren Mund dränge und meine Finger in ihrem Haar vergrabe, um sie festzuhalten. Ich nehme mir jede Unze von ihr, während sich in meinem Kopf die Gedanken drehen und mir beinah Schwindel verursachen.

Mein Becken drückt sich schmerzhaft gegen ihres, als ich mich nach unzähligen Minuten atemlos von ihrem Mund entferne und meine Lippen erneut an ihr Ohr bringe. »Weißt du eigentlich, was du da getan hast?«, will ich knurrend wissen und drehe ihren Kopf dabei noch etwas mehr, so dass mir die rechte Seite ihres Halses schutzlos ausgeliefert ist.

Sie überspielt den Schmerz, den die Überdehnung ihres Nackens zweifellos mit sich bringt, mit einem diabolischen Grinsen. »Dich gerettet«, bringt sie atemlos hervor. »Und an mich gebunden.«

Ein weiteres Knurren bebt in meiner Brust, als ich das Messer an ihre zarte Haut lege. »Du willst also wirklich Mein sein?«, frage ich leise und beiße leicht in ihr Ohrläppchen. »Dafür braucht es keinen Ring, Baby.«

Ich erhebe mich, drücke ihren Kopf aber weiterhin gegen die Kommode und setze die Spitze der Klinge an ihrem Hals an. Winter atmet hörbar ein, hält jedoch still und gibt keinen Ton von sich, als der Edelstahl ihre Haut durchsticht. Langsam und mit Bedacht bewege ich das Messer, bis mir gefällt, was ich sehe. Anschließend beuge ich mich wieder über sie und lecke das Blut ab, was Winter stöhnen lässt.

»*Jetzt* bist du Mein«, verkünde ich leise und werfe das Messer auf den Boden.

Meine Finger tasten nach dem Knopf der Jeans, die sie

trägt. Nur wenige Sekunden später schiebe ich sie mitsamt der Unterwäsche bis zu ihren Kniekehlen und öffne meinen Reißverschluss, um meinen pochenden Schwanz zu befreien und umgehend in Winter zu versenken.

Meine andere Hand gleitet aus ihrem Haar und zu den Schnitten, die nun ihren Hals zieren. Mit fahrigen Bewegungen streiche ich darüber und verteile das Blut, bevor ich Winters Gesicht umgreife und sie nach oben ziehe, so dass sie aufrecht vor mir steht. Ich bringe ihre Lippen an meine, während sie keuchend den Bewegungen meines Beckens entgegenkommt, und vergrabe meine Zähne in ihrer Unterlippe, wie ich es schon immer getan habe.

»Was auch immer du getan hast, Baby ...« Ich unterbreche mich für einen weiteren Biss, wobei ich Blut schmecke. Das aus den Schnitten und neues, das aus ihrer Unterlippe auf meine Zunge fließt. »Das war das letzte Mal, dass du dich in Gefahr gebracht hast.«

Ich lasse ihr Gesicht los und streiche ihren Körper hinab, bis ich ihre Brust umgreife. Dabei spüre ich ihre schweren Atemzüge und jedes Pochen ihres kleinen Herzens. Ich spüre das Leben, das durch sie hindurchrauscht, und kann kaum noch klar denken, weil sie eben dieses auf jede nur erdenkliche und ihr mögliche Art an mich gebunden hat.

Meine Stöße werden tiefer, härter und noch einnehmender, während ich mit dem Daumen über ihre Brustwarze fahre, bevor ich ihren Bauch hinabgleite. Meine Finger finden sofort den kleinen Punkt zwischen ihren Schenkeln, bei dessen Berührung Winter kehlig aufstöhnt und sich windet.

»Dante ...«

Ihr Atem wird flacher und schneller, und ich spüre, wie sich ihre Muskeln enger um mich legen. Ich bürde mir keine Schuldgefühle mehr auf, weil ich es liebe, Winter auf diese harte Art zu nehmen. Stattdessen ramme ich mich noch erbarmungsloser in sie, weil wir beide kurz davor sind, zu kommen, und es auf diese Weise brauchen. Ich habe es aufgegeben, mich selbst deswegen zu geißeln, da Winter mich genau so will. Sie will mich hart und brutal; mit Blut und Schmerzen und Zähnen und Messern. Sie liebt mich so, also werde ich diese Seite an mir akzeptieren, damit sie bekommt, was immer sie will.

VIERUNDZWANZIG
WINTER

Der Orgasmus reißt mich beinah von den Füßen. Würde Dante mich nicht festhalten, würde ich einfach zusammenbrechen, weil die letzten achtzehn Stunden mit die schrecklichsten meines Lebens waren.

Nichts ist mit der Angst vergleichbar, die ich um Dante hatte, weil ich bis zu dem Moment, in dem er vor mir stand, nicht wusste, ob mein Vater wirklich tun würde, was ich von ihm verlangt habe. Allein die Vorstellung, Dante zu verlieren – auf diese Art und wegen dem, was er getan hat –, reichte aus, um mir das Atmen zu erschweren. Es hat mir die Kehle zugeschnürt und mein Herz bluten lassen.

»Du hättest mich wenigstens über die Schwelle tragen können«, murmle ich kraftlos, während ich versuche, genug Sauerstoff in meine Lunge zu bekommen.

Auch Dantes Brust hebt und senkt sich schnell und heftig, wobei sein schweißgetränktes Hemd zwischen unseren Körpern klebt. »Du weißt nicht, wann es klüger ist, den Mund zu halten, oder, Baby?« Seine Stimme klingt wie meine: kratzig und außer Atem. Doch es schwingen auch Wut, Unglaube und sogar etwas Humor darin, so dass ich noch nachlege.

»Immerhin hast du es mit der Hochzeitsnacht wett gemacht.«

Ein Grollen dringt aus Dantes Brust, bevor er sich von mir löst, wobei er mich weiterhin stützt. Während er meine Handgelenke befreit, öffne ich die Augen und blinzle ein paarmal, bevor ich in den Spiegel schaue, der über der Kommode an der Wand hängt.

Ich sehe aus, als wäre ich einem Horrorfilm entsprungen. Rubinrote Blutspuren bedecken meinen Hals, das Schlüsselbein und meine rechte Brust. Über meinen Bauch hinweg bis zwischen meine Schenkel ist deutlich zu sehen, wo Dantes Hand mich berührt hat, aber am faszinierendsten sieht mein Gesicht aus. Ein deutlich erkennbarer blutroter Handabdruck ziert meinen Unterkiefer und lässt keinen Zweifel daran, dass Dante mich festgehalten hat. Auch meine Lippen sind rot, und ich kann mich nicht davon abhalten, dass meine Zunge darüber gleitet und der metallische Geschmack mich innerlich aufstöhnen lässt.

Als ich den Blick von meinem Gesicht löse und im Spiegel Dante ansehe, streicht er über meine Handgelenke, bevor er meine zum Zopf gebundenen Haare zur Seite schiebt und einen Kuss auf meinen Nacken drückt. Er sieht dabei fast schon verloren aus, und ich befürchte, dass ihn diese Ehe-Sache mehr aus der Bahn wirft, als ich vermutet habe.

»Dante?«

Ich stütze mich mit den Händen an der Kommode ab, weil meine Beine noch immer etwas wacklig sind. Er sagt kein Wort, während er sich bückt, um meine Hose behutsam hochzuziehen. Anschließend hebt er die Anzugjacke auf, die er von mir unbemerkt ausgezogen haben muss, und legt sie mir um die Schultern. Erst dann findet sein Blick meinen.

»Du bist wahnsinnig«, beschließt er leise und stellt sich dicht hinter mich, um seine Arme zu meinen Seiten auf der Kommode abzustützen.

»Und deine Frau.«

Er schüttelt kaum merklich den Kopf. »Dir ist hoffentlich klar, dass das eine endgültige Sache ist, Winter. Eine Scheidung werde ich nicht zulassen.«

Ich erwidere seinen Blick, bevor ich mich umdrehe, wofür Dante mir nur ein Minimum an Bewegungsfreiheit zugesteht. In seinen Augen steht Unglaube, als ich zu ihm aufsehe. Aber was auch immer er zu denken scheint: Er irrt sich.

Diese Hochzeit war nicht einfach nur eine Verzweiflungstat. Sie war nicht nur ein Mittel zum Zweck.

Sie war die Besiegelung meiner Freiheit. *Unserer* Freiheit.

Offensichtlich weiß Dante nicht, was genau ich getan habe. Er ahnt nicht, dass ich mit dem Bereinigen seines Computers und der Erpressung meines Vaters alles habe verschwinden lassen, was ihn zum Mörder gemacht hat. In diesem Augenblick ist er kaum mehr als ein unbeschriebenes Blatt. Lediglich seine Wertpapiergeschäfte und alles, was mit den Tieren und dieser Farm zu tun hat, definieren ihn noch. Da ist nichts Illegales mehr. Keine Kontaktaufnahmen und Personenbeschreibungen. Keine Beschattungen. Keine Folteraufträge. Und vor allem keine Morde.

Dante Deluca ist ein Mann ohne Vergangenheit, der mit Aktien jongliert und damit den Gnadenhof finanziert, auf dem er Tieren eine sichere Zuflucht bietet.

Natürlich war das ein Risiko. Viele der Informationen, die er über die Jahre zusammengetragen und gespeichert hat, waren auch eine Art Lebensversicherung für ihn. Er machte sich mit dem, was er über seine Auftraggeber wusste, bis zu einem gewissen Grad unantastbar. Aber ich musste alles auf eine Karte setzen: dass ein Auftragsmörder in den Fängen der Justiz gefährlicher ist als einer, der seine Berufung aufgibt.

»Du scheinst keine Ahnung davon zu haben, was ich will«, sage ich und lege meine Arme um seine Taille.

Er sieht auf mich hinab, wobei sein Blick über mein Gesicht gleitet, bevor er seine Hand hebt und mit dem Daumen über meine Lippe streicht, wodurch er zweifellos noch mehr Blut auf meinem Gesicht verteilt.

»Alles, was ich will – was ich *brauche* –, steht genau vor mir«, erkläre ich leise, aber ernst. »Es gibt da draußen nichts, das ich mehr will als dich, Dante. Und wenn mich das zu einer Wahnsinnigen macht, soll es so sein.«

Erneut schüttelt er ungläubig den Kopf, bevor er sich zu mir nach unten beugt und mich küsst. »Gut«, murmelt er dann an meinen Lippen. »Weil ab jetzt jeder sofort weiß, wem du gehörst.«

Ich runzle leicht die Stirn, als er sich wieder aufrichtet und ein Funkeln in seinen Augen aufblitzt, während er auf meinen Hals sieht und mit den Fingerspitzen über die Schnitte streicht. Bevor ich ihn fragen kann, was er damit meint, dreht er mich um, so dass ich in den Spiegel blicke. Seine Hand legt sich um meinen Kiefer, um meinen Kopf etwas zur Seite zu neigen, und ich folge seinem Blick mit meinem.

An der rechten Seite meines Halses prangt ein gut fünf Zentimeter großes D, das sich deutlich von meiner blassen Haut abhebt. Der Schnitt ist nicht sehr tief, wird aber definitiv eine Narbe hinterlassen und somit für jeden sichtbar machen, dass ich von Dante regelrecht gebrandmarkt wurde. Der Buchstabe ist beinah kunstvoll in meine Haut eingeritzt worden und deutlich als seine Handschrift erkennbar.

Als ich wieder in seine Augen sehe, erwidert er meinen Blick ausdruckslos. Es wirkt fast so, als würde er darauf warten, dass ich wütend werde oder ihn von mir stoße, doch ich drücke mich nur von der Kommode weg. Dante geht einen Schritt zurück und gestattet es mir, mich von ihm zu entfernen.

Ich sehe mich nach dem Messer um und hebe es auf, als ich es finde. Dann stelle ich mich vor Dante und lege meine Handfläche gegen seine Brust, um ihn gegen die Kommode zu schieben. Er gehorcht wortlos, wobei er seinen Blick nicht von meinem abwendet, während ich die Knöpfe seines Hemdes öffne, um es von seiner rechten Schulter schieben zu können. Anschließend greife ich nach seinem Gesicht und drehe seinen Kopf, so dass er leicht nach links geneigt ist. Ich muss mich auf die Zehenspitzen stellen, weil er viel größer ist als ich, blende den krampfartigen Schmerz in meinen Waden jedoch aus, während ich die Klinge an Dantes Haut führe.

Er rührt sich keinen Millimeter, als die ersten Blutstropfen an seinem Hals entlanglaufen. Nicht einmal seine Atmung verändert sich, doch als ich fertig bin und wieder auf die Fersen sinke, sehe ich im Augenwinkel, dass sein Körper sehr wohl auf das reagiert, was ich getan habe.

Ich verkneife mir ein Grinsen, weil es mich nicht wundern sollte, dass Dante von solchen Spielchen angeturnt ist. Stattdessen lege ich das Messer auf die Kommode und hebe meine Hand erneut an seinen Hals, um mit der Fingerspitze durch die Spur aus Blut zu fahren, die aus dem W rinnt und nun über sein Schlüsselbein läuft. Als ich den Finger an meinen Mund führe und das Blut ablecke, schluckt Dante sichtlich, bevor er mich an den Hüften packt und hochhebt. Ich schlinge meine Arme und Beine um ihn, wobei unsere Blicke ineinander verankert sind.

»So sehr ich den Anblick von dir voller Blut genieße ...«, sagt er mit rauer Stimme und leckt noch einmal über seine Initiale an meinem Hals. »Ich will endlich wissen, was genau du getan hast.«

FÜNFUNDZWANZIG
DANTE

Während Winter ihre Haare mit Bürste und Föhn bearbeitet, lehne ich am Türrahmen und starre unentwegt auf das rote D an ihrem Hals.

Ich sollte mich deswegen vermutlich schlecht fühlen, doch das tue ich nicht. Dieser Schnitt ist der schönste, den ich je zustande gebracht habe. Zwar wird man die Narbe auf Winters beinah weißer Haut kaum sehen, aber allein das Wissen darum, dass ein Teil meines Namens ihren Körper ziert, reicht, um mir Genugtuung zu verschaffen.

Doch selbst das kann meine Wut über Winters Taten nicht mindern.

Ich muss genau wissen, was geschehen ist. Muss wissen, wie sie ihren Vater dazu gebracht hat, dass das FBI mich hat gehen lassen, und was sie sonst noch angestellt hat. Denn etwas sagt mir, dass die Erpressung und unsere Vermählung nicht alles sind.

Nachdem Winter die Bürste abgelegt hat, dreht sie sich

endlich zu mir um und lehnt sich an den Waschtisch. »Du wolltest mich wegbringen lassen«, sagt sie vorwurfsvoll. Beinah so, als wäre es unvorstellbar, dass ich sie in Sicherheit wissen wollte.

»Es geht hier nicht um mich, Winter«, mache ich mit dunklem Unterton deutlich.

Sie sieht genervt zur Seite und verschränkt die Arme vor ihrem Oberkörper. Es ist das erste Mal, dass ich so etwas wie Unsicherheit in ihrem Blick sehe. Und es beunruhigt mich nur noch mehr.

»Ich habe alles gelöscht, was dich belasten könnte«, erklärt sie, wobei sie mich nicht ansieht. »Amanda und Robin haben sich um die Waffen gekümmert.«

»Welche Waffen?«

Endlich schaut sie mich wieder an, wenn auch mit Unbehagen. »Die Schusswaffen.«

»Alle?«

Winter nickt.

Ich schließe die Augen und kneife mir mit Daumen und Zeigefinger in die Nasenwurzel. »Alle. Natürlich.«

Zu sagen, es würde mir nichts ausmachen, wäre eine Lüge. Dennoch verstehe ich, wieso sie das getan haben. Beinah jede dieser Waffen hat ein Leben beendet, und bei dem ein oder anderen Mord musste ich die Kugel in der Leiche lassen. Selbst ein drittklassiger Kriminologe könnte anhand der Schussspuren belegen, dass ich der Schütze war. Und da weder Robin noch Amanda oder gar Winter wissen, welche der Pistolen und Gewehre als Tatwaffen zum Einsatz kamen, blieb ihnen gar nichts anderes übrig, als alle zu entsorgen.

»Die Idee, meinen Vater zu erpressen, kam mir erst danach«, gibt Winter beinah kleinlaut zu. »Tut mir leid.«

Ich öffne die Augen wieder und sehe sie an. »Du sagst, du hast alles gelöscht.«

Sie nickt erneut. »Alles, was ich auf deinem Computer finden konnte.«

»Und die Hochzeit?«

Mit einem Schulterzucken löst sie ihre Arme und blickt auf ihre Hand. Sie dreht den Ring an ihrem Finger, als sie leise antwortet. »Wir brauchten etwas, das dich ... wichtig macht. Eine Verbindung zwischen dir und meinem Vater, damit es nach außen hin einen Grund dafür gibt, dass er deine Freilassung fordert.«

Stark. Tapfer. Ehrgeizig. Stur. Und gerissen.

Die Liste der Dinge, die mich an Winter faszinieren und zugleich an den Rand des Wahnsinns treiben, wird immer länger. Mut und eine gewisse Portion Leichtsinn kommen ebenfalls dazu, wenn ich bedenke, was sie gewagt hat. Zu ihrem Vater zu gehen, um das zu fordern – um ihn verdammt noch mal zu *erpressen* –, ist so ziemlich das Gefährlichste, was sie hätte tun können. Und dennoch war es zugleich das Klügste. Dass sie nun jedoch schon zweimal in die Arme dieses abscheulichen Menschen gerannt ist, um mich wiederzubekommen, zerreißt mich innerlich. So sollte es nicht sein. *Ich* sollte *für sie* kämpfen, nicht umgekehrt.

Mein Stolz und die Ehrfurcht, die ich deswegen ihr gegenüber empfinde, werden dennoch vom bitteren Beigeschmack des Misstrauens getrübt.

Ich will gerade ansetzen und ihr klarmachen, dass sie mein Vertrauen in sie missbraucht hat, als sie wieder zu mir aufsieht und ein zaghaftes Lächeln auflegt, das mich offenbar besänftigen soll.

»Willst du die Hochzeitsbilder sehen?«

Hätte ich auch nur einen Funken weniger Selbstbeherrschung, würde mir vermutlich die Kinnlade runterklappen. »Die *was*?«

»Die Fotos«, wiederholt sie. »Von der Trauung.«

Großer Gott … Was ist in den achtzehn Stunden, in denen ich weg war, noch alles passiert? Haben Robin und Amanda vielleicht noch ein Kind bekommen? Nicht, dass die beiden es zugeben würden, aber ich weiß sehr wohl, dass zwischen ihnen etwas läuft. Es geht mich nur nichts an.

Winter stößt sich vom Waschtisch ab und geht auf mich zu, um nach meiner Hand zu greifen und ihre Finger mit meinen zu verschränken. Die Geste steht im krassen Gegensatz zu dem, was wir vor einer halben Stunde getan haben, dennoch fühlt es sich genau richtig an. Vor allem das warme Metall, das um ihren Finger liegt und sich gegen meine drückt, fühlt sich richtig an. Beinah gut. Schön. Und das, obwohl es nicht der Ring ist, den ich ihr angesteckt hätte.

»Komm«, sagt sie und zieht mich aus dem Raum.

Wie ein hirnloser Zombie folge ich ihr, weil ich bei dem, was sie tut, manchmal einfach nicht hinterherkomme. Sie überrascht mich immer wieder, und so lasse ich mich stumm auf den Stuhl an meinem Schreibtisch fallen, während sie sich vorbeugt und die Webseite einer Tageszeitung öffnet. Dann tritt sie einen Schritt zurück und blickt zwischen mir und dem Bildschirm hin und her.

Ich starre auf die Aufnahmen, die zweifellos

Fälschungen sind. Verdammt gute Fälschungen, aber eben nichts anderes.

Es ist surreal, Winter und mich in Kleid und Smoking vor einem Altar zu sehen. Auch die Fotos mit der vermeintlichen Hochzeitsgesellschaft vor einer Kirche, auf denen wir uns als frisch Vermählte küssen und Winter einen Brautstrauß wirft, wirken auf mich beinah grotesk. Wir mögen vieles sein – aber nicht *das*.

Wäre das wirklich unsere Hochzeit gewesen, hätte sie ganz sicher nicht in einer Kirche stattgefunden. Winter hätte auch keinen Brautstrauß geworfen und ich hätte keine verdammte Fliege unter dem Kragen eines weißen Hemdes getragen.

Unsere Ehegelübde wären mit Blut und Tränen geschrieben worden. Winter hätte kein Kleid aus cremefarbener Spitze getragen. Es wäre schneeweiße Seide gewesen, die sich an ihren Körper geschmiegt hätte wie eine zweite Haut. Die Ringe wären nicht aus Gold, sondern aus Tantal. Und unser erster Kuss als Mann und Frau wäre nicht keusch gewesen. Ich hätte sie verschlungen. Hätte ihr den Atem geraubt und sie so fest an mich gepresst, dass selbst der letzte Mensch auf diesem gottverdammten Planeten gesehen hätte, dass diese Frau zu mir gehört.

Das, was auf der Webseite dieser Zeitung hochgeladen wurde, ist eine Beleidigung. Doch die Meldung, die direkt darunter zu sehen ist, macht deutlich, wie wichtig dieser Schachzug von Winter war.

Senator Symons befreit Schwiegersohn aus unrechtmäßiger Haft.

Ein Klick auf die Schlagzeile bringt mich zu einem Artikel, in dem Winters Vater in den Himmel gelobt wird, weil er sich für den geheimnisvollen Ehemann seiner Tochter eingesetzt hat. Ein kurzes Interview, in dem Symons eine Geschichte auftischte, die ihm den Zuspruch des Volkes sichert, bestätigt, dass Winter tatsächlich das Richtige getan hat.

»Wie hast du ihn dazu gebracht?«, frage ich leicht abwesend, während ich den Rest des Artikels überfliege.

»Ich habe das Geständnis des Arztes gefunden«, erklärt Winter, wobei ich an ihrer Stimme hören kann, dass sie dabei erschaudert. »Das und ein Video von mir mitsamt der Drohung, alles an die Presse weiterzugeben, falls er nicht tut, was ich verlange, hat gereicht.«

Als ich zu ihr aufsehe, hat sie die Arme um ihren Oberkörper geschlungen und blickt auf ein Foto ihres Vaters, das in dem Artikel benutzt wurde. Ihr ist deutlich anzusehen, dass dieses Schauspiel sie mehr mitgenommen hat, als sie zugibt.

Fuck. Sie muss eine Scheißangst gehabt haben, als sie ihrem Vater gegenübergetreten ist. Ich kann mir vermutlich nicht einmal ansatzweise vorstellen, wie sie sich dabei gefühlt hat. Denn dieses Mal war es etwas anderes. Wir haben ihm gedroht. Winter und ich sind eine verdammt ernstzunehmende Gefahr für ihn, und ich bin mir ziemlich sicher, dass er seine Tochter am liebsten unter der Erde wissen will. Stattdessen marschierte sie in sein Haus und hat ihn erpresst.

»Winter«, sage ich sanft und schließe die Webseite, um meinen Stuhl zu ihr zu drehen und nach ihrer Hand zu greifen.

Ihr Blick ist noch immer auf den Monitor gerichtet, während sie ihre Zähne in der kleinen Bisswunde versenkt, die ich ihr vorhin zugefügt habe. Erst, als ich leicht an ihrer Hand ziehe, schaut sie zu mir.

»Komm her.«

Sie gehorcht und setzt sich rittlings auf meinen Schoß. Meine Hände legen sich an ihre Wangen, bevor ich Winter behutsam küsse.

»Es ist vorbei«, erinnere ich sie. »Hörst du? Ich bin hier.«

Ein lautloser Schluchzer lässt ihren Körper beben, als sie ihre Arme um meinen Hals schlingt. »Ich dachte, ich hätte dich verloren …«

Ich bringe meine Hand an ihren Hinterkopf und streiche durch die weichen Strähnen ihrer Haare, wobei sie ihre Stirn an meine Schulter legt. »Was du da getan hast, Baby …«

»Es war die einzige Möglichkeit, die mir einfiel.«

»Ich weiß«, sage ich. »Und ich bin verdammt stolz auf dich, Baby.«

Weitere Schluchzer schütteln sie, als sie stumm weint und sich dabei an mich klammert, als könnte ich jeden Moment wieder verschwinden. Ich halte sie fest und murmle ihr leise Worte zu, um sie zu beruhigen, bis sie endlich wieder den Kopf hebt und mich aus tränennassen Augen ansieht.

»Wenn es noch irgendwas gibt …«, beginnt sie mit bebender Stimme. »Irgendetwas, das dich mir wegnehmen könnte, dann muss ich das wissen, Dante.«

Ich streiche mit den Daumen die Tränen von ihren Wangen, während meine Kehle eng wird.

Fuck.

Ja, es schnürt mir tatsächlich die Kehle zu, dass Winter

das fordert. Denn wie soll ich ihr klarmachen, dass im Grunde jeder meiner Auftraggeber eine potenzielle Gefahr ist? Wie soll sie verkraften, dass jeder Tote, der auf mein Konto geht, Angehörige hat, die auf Rache aus sind?

Ich kann ihr das nicht sagen. Sie würde in ständiger Angst leben. Und es reicht, dass *ich* bereits bei jedem meiner Atemzüge damit rechnen muss, dass einer dieser Menschen mich angreift. Vor allem jetzt, da Winter an meiner Seite ist. Sie ist das beste Druckmittel, das man gegen mich in der Hand haben kann. Mein größter Schwachpunkt. Meine Achillesferse.

»Es gibt nichts«, beruhige ich sie, obwohl es eine gottverdammte Lüge ist, die mir die Zunge verätzen will. »Sieht so aus, als hättest du dafür gesorgt, dass ich unantastbar bin.«

Bevor ich sie erneut küsse, versuche ich mich an einem Lächeln, wobei ihr Blick deutlich zeigt, dass sie mich durchschaut. Dennoch nickt sie. Ich weiß nicht, ob aus Angst oder weil ihr bewusst ist, dass es Bedrohungen gibt, die man nicht aus der Welt schaffen kann. Verdammt … Irgendjemand hat rausgefunden, wie er an mich rankommt und mich ausgeliefert. Allein das ist Beweis genug für die Gefahren, die da draußen lauern. Und ich muss in Erfahrung bringen, wer dieser Jemand war, und ihn dafür bezahlen lassen.

An Winter werde ich jedoch nichts mehr herankommen lassen. Koste es, was es wolle. Nichts und niemand wird zerstören, was ich in ihr gefunden habe. Und dank Winter habe ich nun tatsächlich die aberwitzige Chance auf ein halbwegs normales Leben. Vermutlich werde ich auf den Viehmärkten nicht mehr den herzlosen Kerl mimen können, nachdem ich nun als Winters Ehemann in der Öffentlichkeit stehe, aber das ist ein Problem, dem ich mich zu einem späteren Zeitpunkt widme.

»Zieh den Ring aus«, sage ich zu Winter, die daraufhin die Stirn in Falten legt.

»Wieso?«

»Wo hast du ihn her?«

Das Stirnrunzeln vertieft sich. »Von Amanda. Wir hatten keine Zeit –«

»Zieh ihn aus.«

Winter sieht mich noch einen Moment verwundert an, bevor sie tut, was ich von ihr verlange. Ich greife nach dem simplen Schmuckstück, das aus gewöhnlichem Gelbgold besteht, und werfe es auf den Schreibtisch.

»Dante … Was soll das?«, will sie verwirrt und beinah empört wissen.

Wortlos greife ich nach ihrer Hüfte und stehe auf. Wie von selbst legen sich ihre Beine um mich, während sie ihre Hände in meinem Nacken verschränkt und sich so an mir festhält.

»Glaubst du wirklich, ich würde dich mit diesem billigen Teil rumlaufen lassen, Baby?«

Sie zieht die Lippen zwischen ihre Zähne, wobei ein leichtes Funkeln in ihre wolkenblauen Augen tritt.

»Du hast mehr ver–«

Laute, hastige Schritte lassen mich verstummen und innehalten. Nur zwei Sekunden später stürmt Amanda ins Büro. Sie ist hörbar außer Atem, und als ich in ihr Gesicht blicke, steht Panik darin.

»Im Stall ist ein Feuer ausgebrochen.«

Made in United States
Orlando, FL
23 November 2024

54350218R00126